亲爱的朋友：

感谢您翻开这本书。

愿您在尘世中找到归宿！

愿您安好！

那时，我总爱仰着头

张遥砧——著

金城出版社
GOLD WALL PRESS
·北京·

图书在版编目（CIP）数据

那时，我总爱仰着头 / 张遥砧著 . —北京：金城出版社，2019.5
ISBN 978–7–5155–1646–2

Ⅰ. ①那… Ⅱ. ①张… Ⅲ. ①散文集—中国—当代
Ⅳ. ① I267

中国版本图书馆 CIP 数据核字（2018）第 008141 号

那时，我总爱仰着头

作　　者 张遥砧
责任编辑 丁洪涛
开　　本 700 毫米 ×960 毫米　1/16
印　　张 15.75
字　　数 110 千字
版　　次 2019 年 5 月第 1 版
印　　次 2019 年 5 月第 1 次印刷
印　　刷 三河市百盛印装有限公司
书　　号 ISBN 978–7–5155–1646–2
定　　价 38.00 元

出版发行 金城出版社 北京市朝阳区利泽东二路 3 号
邮编：100102
发 行 部 (010) 84254364
编 辑 部 (010) 64210080
总 编 室 (010) 64228516
网　　址 http://www.jccb.com.cn
电子邮箱 jinchengchuban@163.com
法律顾问 北京市安理律师事务所 （电话）18911105819

写作遐想

朋友，你是否想过，在岁月的风吹霜染里，我们是不是都忘记了一种笑，一种什么都不用去想的大笑。仿佛这种笑已是烧过的灯油，为亮着，领着小伙伴去偷挖山芋，掰棒黍，喜冲冲地吃着，到后来才知那地是自己家的，那样回不去的傻乎乎的童年。想到这样的童年，我便想写点什么。

可是有时觉得有两个我，另一个趁夜里在另外处过着异样的生活，“他”总在我快乐时，去往我儿时追逐的地方，把我安置在能摸虾捉鱼的小溪边，让我去数夜星，听草里的虫声，看烧枯草的孩子要起火把，将我的初恋女孩找来，要她羞答答地望着我，嚷着跟我结伴回家，看上着洋油灯的母亲在纳着鞋底……可不久，“他”抛下了我，在那地上，插满了红纸伞，横竖着烧黑的棺木，新老婆子哭成一团，我喊“爸，妈”，可什么都没有回应。于是我跑，最后，跑到了悬崖边，齐平的四下皆是雾。我掉了下去，只是没死。

这点梦惊醒过来时，日出的光已透过窗落在床下，我便仍要隐约感受嗅着小马灯的墨烟，把悲命咽下，欢快地好去见“他”。所以，我想写一写过往来获得活着的力量。但我知道复原某个时代，那是诓想，自命造物者显然不行。童年里有一道风景，挂有大夕阳的碧蓝天空，偶会在孩子放学时，划过两条白线。孩子们拿下额头勒着的布包带子，想那两根线头会碰在一起，掉下两个叫喷雾式飞机的东西来。但结果，那两个亮光擦身而过，飞来一群人字雁。单单这个，恐怕印象已渐模糊，更想不出这是小孩子时自己的念头。

什么都抵不过岁月。

有时想，社会即便不公，但它的产生在历史长河里是进步的，只是现下埋没了些人性，及对生命该有的尊崇。于是想象有一天，会把贫富、阶级、歧视、漠然、激进等代表的“社会”打破。因在生命面前，一切都那么脆弱。可有时又怕这想象成真，因整天怀揣着对死的恐慌，即便尊重了生命，也是一件极抑郁的事。当然，这是臆想。自己的命运之竹筏都断结遇石，谈这些难免让旁人笑话。但，毕竟不是童年了。再被笑话，绝不让人刮鼻子。

面对这当下的社会，世事总需人去直刺它，也必有一些人去惋惜、回顾与憧憬它。除此以外，我还想到那些为命运所抛弃，却为了活下去而挣扎、坚韧的人，他们有的活在过往的岁月里，有的仍在这人世间过活，我想写一写他们，想赞美他们！

2019年4月

目 录

第一辑 逝去的风景

那时，水无关光阴，清清的，潺潺的；大雁也无关归宿，自在，嘹亮；人呢，无关生死，成败！

我想，或许，在生活不断的挫磨里，你，我，我们，都忘却了一些东西，好的，不好的，或许是来时的路，或许是曾要去的地方！

第二辑　生命中的“依靠”

当父亲的身影从我的眼里不见，进了暮色里之后，一个念想突然从我心头生起：一个儿子从他出生开始，他就永生地亏欠他的父亲。并且，这笔亏欠，是这个儿子永生无法偿尽的债！

第三辑 结伴而行的青春

人生是易老的，不知道在我们老的时候，是否还能像如今这般从容与彼此珍惜呢？

或许人生就是这般，不到老的时候，永不知道人生路是否走的对错，可一旦你老了，你人生路的对错又有什么可计较的呢！

第四辑　乡愁里的人

顺着他的眼，我也望了一眼天空，天空中飞过一只鸟，我忽然想：人与鸟相比，最可悲的地方是，鸟儿长大了，天空是它的家，而人长大了，天空成了他遥不可及的地方。

第五辑 活着的姿态

其实，我要的生活很简单，能惬意一点便好。就如小时候，惬意得可以听到那些被我时常怀念着的声响：

春天，密密的芦苇荡里那细细的哗啦声；

夏雨过后，包裹着屋子的“四面蛙歌”；

秋天，头顶落下的阵阵雁鸣；

冬夜初晴，一排脚印，便知那一下一下踩雪的吱吱声。

第六辑 别人的故事，我的诗

不管你穿的衣服是如何的艳丽！
你的影子，
总是只有一种颜色！

第一辑 逝去的风景

那时，水无关光阴，清清的，潺潺的；大雁也无关归宿，自在，嘹亮；人呢，无关生死，成败！

我想，或许，在生活不断的挫磨里，你，我，我们，都忘却了一些东西，好的，不好的，或许是来时的路，或许是曾要去的地方！

我所念到的另一处小学堂

秋深了，困苦、急迫、忧郁仿佛皆来了，时刻提醒着关于那些亲人生命的所剩无几。可世事的挫磨终要人明白，做一番事是如此的难。落泪罢？无奈地望着镜子里的自己却微微地傻笑，觉得自己落入宿命的境地里。

有时老想，家里的小河此时该飘起芦苇了。是否仍会有孩子把石子扔过河对岸比远呢？是否还会有老婆子在枯草里的石头上歇脚呢？但我很庆幸，因岁月过去了，自己仍怀有一颗孩子的心灵，而那些旧年里的小伙伴早被磨去了孩子时的光芒，变得在世俗里计较得失面子，为社会这根线牵着过活。仿佛人离开了小学堂，投入社会去，便有了身份之别，不再能骑滚在一处。我尝到了岁月的变迁，及人的冷淡。

但我要事先说明，到十五六岁时，自己才打量人世这玩意的。儿时实在懵懂得可怜。这点不聪慧，总让母亲忧伤，使父亲想要用一根竹竿来调教。自己被打的日子不少，但哭过泪干了，自己还是欢喜举着扫帚捂蜻蜓，掐槐树上的白花来吃。可也因如此，小学堂便有了些坏处。自己许多胆小的念头皆从那里萌生得来。倘若傍晚玩过了头，第二天定会因背不出书来而罚站，有时会在学堂屋外的花坛上写字，有时会被喊到墙根面着壁，站到老先生听到钟响生嫌走开才罢。至于用竹板、荆条掌脸打手更是常让自己怕的。但书实是背不出，每天只有在忧虑里度过。于是，小学堂那口小钟常让自己惦记。自己也想到了法子，从家里摸了块小表戴在手上，算着那敲钟绳被人握在手里的钟点，一旦当当声响起，自己便拽起布包，定要争个头名冲出学堂。

出了门，算了名次还不坏，便在旱沟林子里慢慢地晃荡，产生一点痴痴的幻想。大雁为何要排成“人”字南飞？火烧云是谁在那放的火，是西边哪家草堆着了，燎上去的么？第一颗出的亮星子叫什么名字？藏在旱沟小洞里的小瓜是否被人发现了？倘若遇到栗子树，便选趁手的树枝朝那树上扔，落不下栗子却被人看见，那是自己的运气不好，需撒开小腿跑。有时会站在挑水浇棉花的落脚处揪牵牛花，看小河里的白绵羊，瞧河对岸的放牛羊的老头，拾落单的鸭子下的蛋，玩得饿了，啃山芋，烧棒头，剜草根甜舌头，也是自然的。

有时呢，也会碰见人家死了人。因儿时对白丧事的恐慌，自己自然要避开棚里的吹鼓班子，但又不由自主瞧那些班子里女人的模样，揣摩她们的哭腔，及被男子花上少许钱便会躺到床上打滚的另一种职业，皆使自己从幼小心里产生唢呐声的悲冷。

自己下了学堂不急着回家，长久下去，便在追闹里记着黄昏的美好，及夜的孤独寂寞。但有时天晚难免会落些雨，自己便坐在窗户下，望着罩灯肚子里的棉芯，猜外面雨的声响是落在何处上发出的，得些书外易懂的幻想。

倘若运气不坏，天公作美，在黄昏里，自己便会在一处站定，或给偷熟的小伙伴当看哨得些好处，或帮死去的小雀做墓穴。有时会猜编柴席的人用怎样的玩意在手指间拉开枯柴，在祖母家前撸起裤脚站缸里踩大蒜，瞧外地卖艺戏班里的小丫头是如何用泪扳膀子玩把戏的，好奇卖豆腐那汉子幼年养成的歪头……现在说来，学堂外给我的记忆实在太深了，那仿佛是另一处学堂，让我学到除孩子该有的欢愉外，也存下了以后关于人世认识的一颗萌芽。

可是，在这另一处学堂里，自己虽自由了些，但养成的胆小仍不被磨去。自己被欺负了，除用沉默外，便是用哭来吓唬人了。于是，那些野性的皆要在没栏杆的土桥边吓我，也会将我骗到河边替他们看衣服。在无聊掐草的闲坐里，自己被引下了河，欢笑地抓着草根在岸边拍水。可一旦瞧到河对岸有上眼的东西，他们便会丢下我，将衣服撑在手上浮过河去，我还未曾有在河里不沉的本领，只有上岸抱起衣服，光着身子独自绕桥跑过去。这些野性的孩子是常逃学的。我是从未逃过学，但自己明白围墙根的一摞砖块是何人从砖地里搬过去的，便自然知道他们逃学听到读书声时的阵阵揪心，了解他们躺到看瓜篷子里枕着布包睡盹觉，及其那些旱沟小河林子给他们带来的欢愉。即便总有几个为此送了小命。

有时因大多数伙伴是把命送给了河里，学堂便让一些好事人监督。孩子再下河被告，难免要受些竹板打。倘若这好事人不是小丫头，黄昏的墙根定会有两个孩子厮打，这两个孩子还不至于用砖头打出血来，但会滚上满身的泥，把对方骑在身上，让他告饶。自然那下河孩子第二天又是免不了尝竹板那滋味的。这些只怪那时，孩子最常把心交付的还是小河。偶尔捡晒干的河蚌壳在临河废屋后的台阶上用手指粘玩，若在河壑上碰见一个痴呆的女人，有些野性的小伙伴便从她身后喊，让她追。这个女人脾气坏，会用砖头把一个伙伴的后脑勺砸出血来。而从那女人手里跑掉的，便在倾欲黄昏的时候，在急迫里等着“散梁”。风俗里，盖屋上梁，多要到日落西山时，在未上瓦的椽上顺上几条响鞭，忙事人站在屋上抓笆斗撒糖果及蘸了红点的馒头，看着被屋子上的人扬下来的糖果和馒头，小孩子争着抢着，欢快极了。

儿时白日里便在这些玩闹的念想里度过，到夜里望着窗外的星子，躺在母亲的怀里自然会做些梦。有些梦古怪，有些梦却是涉及父母不在及生命无奈的。醒来眼总是湿湿的。便如旧年很多霜草秃枝的时候，一些老头会合伙来这，用过年做的大糖来同人掷色子换钱。在那落点小雪的日子里，我见到了这些老头是如何被年轻人打败苦恼地回去的。我明白，不多久，家里的破木门会让这类白发苍苍的老头敲响，或拉上二胡，卖灶王门神的画像，唱一点忧伤的歌，或将肩上的旧布袋放在门槛上，捧着破碗哀求要饭。我仍记得母亲这个怀揣着悲悯对待一切的人，叫石磨高的我接过破碗，从笆斗里挖上麦子、棒黍或拿刚烙的饼给那老头。那时地上的霜给我的印象太深了。

除这些记忆外，给我教育最深的要数儿时夜里的雪了。在黑夜里，一个人听不到一丝声响，忽地脸上尝到雪的凉意。这欢愉，只有自己才可会意的。有时睡在床上，从父亲口里得知屋外落了雪，自己会胆怯地叫喊，感到这份夜带来的美好与宁静。待到清晨，雪息了，闲里的自己坐在向阳墙根的小凳子上，因这雪更加寂寞起来。听，从屋檐“冻溜溜”落下的水滴，如几个旧人时而慢慢，时而急促走来的脚步声，让自己多了盹意。这层闲里的寂寞，夜里太凉，连砸裂的河也结上了冰，使自己难以享受。但若要数触动孩子时的自己产生忧伤的景致，除了黄昏里的囱烟，除了满天星的夜、秋叶的碎声、正月里清晨西边的大红月亮，那便要挨到这月里瓦上的残雪了。只是，这些不是自己常存有的。对于孩子时的自己，最好是在石磨上滚个小雪球，借火的光亮，把小鞭插在其中点炸，或伸长小舌头尝那落雪。有时因生了小病，从小医院回来，便在母亲的背上，因夜的寂静，听那吱吱的踩雪声，觉得生的温暖。

儿时的自己便在这另一处学堂里好奇、感受、学习、成长，渐渐明白了生命应是用何种方式度过，应怀揣着怎样的情感去面对人世，让我养出了不被社会安排所牵的性格，也给了我疲惫心灵休息的处所，添了一丝安慰。

儿时的夜雨

想到儿时的夜雨，我倒说不出几句实话来，但总是能想起，儿时窗外的雨悠闲地滴在石磨上的那点寂寞。而倘若非要用旧谣做出一首来，便是这般的：

毛雨露眉发，

小雨敲青瓦，

大雨打叶底蛙。

这自然只是实景。

第一句，自己最是喜爱的，但仿佛在夜里感触的少。因下点毛毛细雨时，儿时的自己总会仰起头，用小眼睛看那细针落下的模样，用脸感觉到这种雨的凉爽与温柔。但做这事时要趁母亲看不见才可，因生怕母亲说道：“莫站雨下面，要招虱子的！”倘若母亲说这话时是傍晚，该生火做饭，我便瞧母亲将常洗的破毛巾放在头上，到家前扯草，掐下些带着雨珠的“方葛菜”来。这“方葛菜”是自生的野菜，在《野菜博录》上叫“后庭花”，后尾儿有些苦。

下毛毛雨的傍晚是静谧的!

可一旦到了漆黑的夜里，一旦雨下得可以听到声响的时候，那一切就交付给耳朵了。

听，风一阵又一阵的，雨也一阵又一阵的，落在叶子上，落在屋瓦上，有时像一个个调皮的孩子从那瓦上滑下来，有时又像天上的小神仙拾起天上的石子，投在那些粗大的叶子间。

这时，人自然不能到外面去。于是，小小的人儿就在屋子里，在煤油灯的映衬下，看母亲照着纸样子，剪布鞋面，糊布鞋面，打着哈欠。屋子房梁里的鸟儿仿佛也会意了这种寂寞的感觉，发出“叽叽”的声响。

当然小孩子嘛，最怕的自然是雷雨的夜。而除却这个，夜里下大雨总是会给孩子一点更深的寂寞的。有时若半夜想起身出去撒尿，会被吓一跳，借着光抬头，床头上的瓦像是离了槽，有了缝，屋子在滴答漏水，产生一点恼人的感觉。出门看屋外呢，雨下得急，阴沟口一时淌不了，院子里漫着许多水，小孩子只有站在溅不到雨的屋檐下，因胆小只得小心地溺尿，但即便如此，有时小孩子还是会因有几只蛤蟆在爬，生怕起来。只是这怕里，小孩子自然带着点心烦意恼，可有时有一只蛤蟆心情也会不好，它若心情不好，便定趁小孩子不注意，用它的爪子踩小孩子的脚，因小孩子挡住了它找避雨的道了。

想起了夜雨，便想起了儿时在雨天产生的烦闷，这感觉，便是江盈科《谐史》“谜类附”里录的一道谜。那谜甚妙，故又转录在此，舍去了自己多余的闲话：

上些上些，下些下些；不是不是，正是正是。

儿时的庙会

你看过高高河堤边建有一排小房子么？我不知道那小房子是否叫“土庙”，只是父母是这么告诉我的。但使我惋惜的是，我未去数那一排屋脊盘龙“土庙”的数目。那年去看时，这些“土庙”后贴着破旧的红对联，里面供坐着该是用以祭河神的童男女，那模样描画得很吓人。“土庙”前，即在大河堆坡上，皆有像是刚砌不久的大缸，该是用以烧黄纸的。这便是我亲眼见的唯一的“庙”。

我儿时的小地方未曾有庙宇。父亲说，这儿本有庙，在他小时让砸掉了。所以这儿逢庙会，不像别处有和尚发普度的传单，便自然也没有到庙里上香许愿的过程。即便如此，庙会仍是一年最热闹的大集会。

过了年，小孩子最盼望的便是三月十五，一旦逢了庙会便最欢喜。早已被母亲打扮好的自己坐在桌子边，用手托着脸瞧母亲。母亲拿着她那陪嫁来的小圆镜，将红头绳咬在嘴上，用剪刀小心地掠着前刘海儿。待晨阳高了些，父母仍未商量清楚该置办的东西，自己便拿床底藏的钱，急迫地拽他们的衣襟嚷。

赶庙会的路上，自是会遇到熟人相互说笑。待到了上坡的街头，坡下满满的人头让人觉得来迟了，而隐约传来人墙里的各种牲畜、做买卖的叫喊声，早使人牙根发痒。儿时的自己会瞧那街头看车的老婆子，觉得那小木牌子挂在笼头上像串串耳坠子。到了庙会上，人自然是挤得很，大人怕孩子被挤坏，便把小孩扛在肩膀上。

庙会是做生意的集会，卖的东西自然各式各样，留有印象最深的有三种：在卖小猪羊的地方，有个胖汉子将大牛绑在木桩上，用榔头把牛夯昏，用刀子放血。这是其一。其二是卖老鼠药的，在摊位上挂满了死老鼠。其三便是略带旧年卖艺成分的班子在街上租的那间屋子。屋门前有画某年某地发现美女蛇的招牌。买了票进去，那屋子里皆是畸形孩子、畸形蛇的像，甚是怕人。至于美女蛇，蛇身是固定在墙上的，上面是一个女孩的头在晃，使儿时的我生了些可笑的念头。那当然是骗小孩子的把戏。

自然，有买卖便有税。税官穿着皮鞋，夹着皮包，拿着一沓小纸，一个摊接着一摊地要税。若碰上老头求可怜，因这是小买卖，收不到大税，收税人便不和老头费口舌，接过几张皱钱，撕了票。可这一切，让不远的小贩子瞄着。小贩子看收税人向这边来，跟买货的人说："您先起开，帮帮忙"，便为躲几毛钱的税，急忙将地上摆货物的布袋子依角叠成包袱，塞在旁边人的驴车下。儿时的我不知事，只觉得那小贩子的做法有些小孩子气。

待到太阳落到西屋顶的光景，赶下午庙的人也屡屡下去了。这些下集的人在热闹的庙会外，会看见露天给人剃头的老头。那儿的石头上坐着个小姑娘，将发梢绕着手指候人。那蝴蝶的发卡留给我的印象极深。自然，做生意也有下去的，赶着毛驴车，挑着担子，倘若是卖旱烟叶的，还会在路上被老头拦着。那些烟叶用旧报纸包着，会让老头夹在胳膊里。

从庙会上回到家，小孩子自然待不住，寻伙伴玩他买来的宝贝了。而我多会被母亲拉着，她会拿出我在庙会上已把小脚儿样过的鞋底，笑着摸我的头说："脚又大了。"

庙会过了，便快入夏了，母亲就该忙着用这鞋底纳布单鞋了。

夏天的几种虫草以及俗语

（一）推磨虫

若没有记错，它喜欢待在槐树上。只因抓住它的时候，它爱在地上转圈，所以小孩子都叫它“推磨虫”。

印象里最深的是，夏天小孩子常到槐树下乘阴凉，又闲来无事，就爱逮推磨虫。逮到后，小孩子也不把它弄死，只从树边的稻草堆里掐一根麦秸，然后插到推磨虫的屁眼里，让它转圈推磨，小孩子呢，自然是跺脚拍掌说笑。

（二）刀螂与小猴子

刀螂是最常见的，不必多说，但在儿时的记忆里，提刀螂，就必须要提及小猴子。这小猴子有两种解释。

第一嘛，小猴子是一种虫子，它的本名至今未能知晓，它体积很小，生长在地下。儿时，每次夏雨过后，霁月未升，自己总会在未干的地上寻一些红豆粒大小的洞，然后用麦秸伸进去，慢慢去钓洞里的虫子。这虫子就是小猴子。

这小猴子的第二种解释，是人耳边，下巴处，手背上多长的那一点肉。只因这点小肉活像“小猴子”这种虫子，因此得名。儿时可能这小肉长的人很多，所以常听人说，从树上逮一只刀螂来，将它的头按在那“小猴子”的肉上，刀螂能一口将小肉咬下。至于这方法有没有人这么干过，小孩子就不得而知了。

（三）蜻蜓

儿时的傍晚，印象最深的，除了夕阳、火烧云，怕就是满眼蜻蜓了，当然，还有一群扛着笤帚的小孩子们，他们正站在蜻蜓中间，目不转睛地立在那儿。

乡下的小孩子逮蜻蜓是一门手艺，因为他们有像咒语一样的童谣：

蚂蜻蜓，

来一个，

一把笤帚捂一个；

蚂蜻蜓，

来两个，

一把笤帚捂两个；

……

（四）“奶子草”

有一种草，叫五点草，有的地方叫它“奶子草”，名字很独特，可能是草汁很像乳汁，故此得名，但我不知道家乡那怎么叫。只是这种草在儿时的记忆里很深，因为在一个傍晚，天边出现火烧云的时候，一个小伙伴躺在旱沟里，拿着这“奶子草”说：“这草折断后会流汁，这汁跟蛤蟆身上淌的汁一样，抹在哪儿，哪儿就会肿。”

（五）俗语

夏日对孩子而言，有含笑，有木香，有萝藦，有桑枣子，实在是可闻可吃的太多。

但夏日对于大人而言，想到妻儿老小、田地、生活，实在需要加以“挨”“熬”的字眼，倘若你去问乡下人，夏天该如何度过。他会把日子数得清清楚楚，然后这么告诉你：

“三星对门，门口蹲人”，是老头穿大衣靠着土墙砸旱烟的时候，“三月三，冻老头把眼翻”，也是冷的时候。所以，这些都不是说夏天的。

夏天需从六月说起，“六月初三，会下小雨，是小白龙探母的时日”，接着，“要湿龙衣四十天”，意思是下四十天的雨。

过后，那蹲在门口的老头该披着蒲席子编的雨蓑衣，“扒阴沟，导阴沟，大河淌，小河流”。

到了立秋前，倘若下雨，老头会说，“黑一黑，下一尺，亮一亮，下一丈”，大雨的恼人与燥热让人难以忍耐。

等雨季过去，出了“十五六，两头溜，十七八，瞎一瞎”的月亮之后，倘若问夏日何时过去，还需等到立秋过后，再挨过“十八天避火”，夏天才真正说得上过去。当然，也就不用听人絮叨“狗伸舌头你不动，鸡跷腿你乱慌忙”。

说一点讲究

在说一点讲究之前，我得抄录一些无关题目的旧话，只因其中的忧郁情结会给文章埋下基调——

走到外面，如今窗外的夜出了星子，一个眼睛似的月儿在倾西睡去。我独自在这似白昼的夜里思寻，可我总觉得心竟燃不起半点憧憬与留恋。我是不知自己是怎么了，仿佛一见到美好的事物便生一些其背后绝望悲观的思索。

不知何时，我喜上了黑夜，因这时没有白日里不愿听到、却被耳朵无限放大的声响。

我不明白，生活的挫磨、生命的无奈为何会选择了我？也不明白，为何让我连别人伸手便可得的要求也不让实现？为此，以前，我对死是那么的恐惧，觉得一个人选择死去是那么不可思议的事。而如今，生活让自己总在绝望上走，夜里一个人默默落泪，突然间对死是那么的急切与无所畏惧。我很害怕，因长久下去，即便自己不在死上下功夫，但终怕有一天，我会变了模样，做出带野性的坏事来。

今天，我同一个姑娘说："其实，你是第一个进入我眼帘的。那时的你，扎个马尾辫子，不像现在这个样子，真让我心惊。"这姑娘，没有太多理会我的话。接着彼此沉默，在这沉默里，我自己想：多少年后，面前这姑娘若能想到我，想到自己青涩年华里有一个男子提起过她，回忆起这句话来，除嘴角淡淡的笑意外，那剩下的便该是岁月变迁、世事所染的伤感了。

抄录完这些，得如题说一点讲究：

一、阴天，人不能说话结巴。因老辈人说，阴天学说话结巴，最容易自己成结巴；

二、小孩子不能吃鱼子，因老辈人说，小孩子吃鱼子，就不会算账了；

三、吃饭不能伸懒腰。不然，腰间是会挂个要饭包的；

四、小孩子剃头是很"讲究"的。小孩子"正月不能剃头"，有的地方说，小孩子"正月剃头，穷舅舅"，有的地方更厉害，小孩子"正月剃头，死舅舅"。好不容易正月过去了，二月剃了头，到三月，又剃不得头了。因为有"讲究"，小孩子"三月剃头，会长桃花头"。什么叫"桃花头"？就是头上这儿一撮毛，那儿一撮毛。相反，到了五月，小孩子就必须剃头，因为五月有"五月端"，家乡有小孩子剃了头，"烧艾水，洗艾水，扣花绒"的习俗；

五、五月端，小孩子要洗艾水、扣花绒的。其中小孩子扣的花绒是有讲究的。老辈常说，五月端小孩子扣的花绒要在七月七的时候剪开，为的是好让花喜鹊衔着上天去搭桥；

六、成亲是极其讲究的，除一些话要用吉利话说外，有的时候看似无礼数的讲理是必要的。因只有讲理，才是最讲礼的。就拿接亲这一点来说吧。首先大肚子的女人是不让接近的；再者，倘若在路上，有两家接亲的相遇了。这两家新娘子需留心，因懂点这里门道的新娘子，就会解开挨近脖子的衣纽扣。倘若两家皆懂，这相遇的两个新娘子是要争个先后的。因老辈人说，谁先解开衣纽，谁便先“开怀”，也就先有贵子。

这第五点、第六点讲究，是关于一点姻缘的。而其中第五点，颇有父母长辈为小孩子乞“以后好姻缘”的意味，可能是让小孩子以后少些“人心昼夜转”以及摸不透真心的惆怅吧。可心愿与定数、缘分、命运比起来实在是太无力了。因这个缘故，或许也有许多人曾同我这么感慨过：

本来只是她轻轻的惊鸿一瞥，

而我却误会到了刻骨铭心的地步……

母亲一年做的“大事”

那时正值冬月天冷，一群孩子在挤年糕，老家叫挤大米。正月有晚打了雷，母亲会讲：“正月雷，满地贼；二月雷，蛇虫木锨推；三月雷，狗扎白米堆。”

母亲在初一早会折桃枝放在床头的棉袄兜里，一家人都有。我问缘故，母亲怕“忌讳”不曾告诉，只说是吉利。

约是二月份，乡间小道上有炕鸡人，装两个大竹篮子，那些小鸡在篮子里唧唧地叫。卖鸡的人喊：“炕鸡咯！炕鸡咯！”母亲会抓上十几只黄绒小鸡，放在铺着稻草的地上。这些小鸡茸茸的黄色绒毛，红的小脚掌，小小的眼，尖的嘴巴，圈在裁下的柴编的围粮囤的窄席子里，喝用绳子吊着的器皿里的水。小鸡长了翅膀，跳出竹席子让踩死也是有的。冬天若下过大雪，鸡会迷路，有雪盲症。

二月二，龙抬头，接闺女回家啃馒头。这天，妈总是念着，杵一铲锅底灰，用灰在家前画四个的圆。母亲说这是画仓囤，一年不用愁，有吃不了的粮食。

五月端，我家因没有枣子树，便从未包过粽子。但母亲会往旱沟边，用镰刀割束艾草，烧锅艾水，烧半锅水煮大蒜、鸡蛋。虽天仍冷，儿时的我会脱个精光，站在盆里，母亲沾着艾水给我擦身子。路上有卖花绒的，母亲还会喊那人，买上几根扣在我的手腕上。

六月初三，是小白龙探母，是我母亲的生日。

七月七，“和贞女下凡”，是我舅奶的生日。

到“吃七月半饺子，找破棉袄”，母亲会思量再套床被子，将陪嫁红橱里的厚衣找出重新搓洗。

十月初一，即“十月朝，送寒衣”。同清明扫墓，需从街角老头摊上买纸钱、冥衣，烧些“孝敬”给土里的人。母亲皆记着，让父亲往我舅爹、奶奶的坟上添寒衣。

过冬了，数着九了，那晚上，母亲会烧水，让我父亲杀只鸡。

腊月二十三，祭灶。儿时，在老婆子的破土灶边，还可见灶王爷的画像。往上翻一辈，祖父还会“画张‘灶马伞’，画上的灶王爷骑马打伞，仆人牵马缰绳。人跪下，烧把纸，对着画念道：‘灶爹爹，灶奶奶，给把钱，做买卖。’”舅爹也会领着一家人拜祭灶王爷。

这风俗，我打小便未见过，可见早已不兴。但母亲会念道：“今天祭灶。”

腊月二十大几，母亲会蒸馒头。最讲究的是龙馒头，一年只做一个。面团揉成龙形盘在大馒头上，龙须是从扫帚上扯下的黄竹条扮的。龙馒头放在众馒头的上面，最后被吃掉。龙馒头都是母亲捏的，龙眼是用红豆点上的，是好的意愿。

差一天就是除夕，歪头还在卖豆腐，拉尽苍凉的调子，喊：

“豆腐嘞——”

“豆腐嘞——”

有孩子啃着糖球（冰糖葫芦），跟着喊！晚上，母亲叫这孩子点鞭放。

奶奶的老屋

快到冬月二十八了，每每到这个时候，我总是快乐不起来，因为自己又要长一岁。天气似乎也察觉了我的心思，较前几天有些转冷起来。不知怎的，我忽想到了奶奶的老屋，真不知它在这季节里是什么样子。

说起那老屋，上一次去，已是三年前的事了。当时是夏天，路边的沟岸上芦苇叶密密地丛在一起，有烧过的死人席子、枕头扔那。在芦苇叶稍头上，可见青砖青瓦的屋子，那就是奶奶的老屋。

奶奶的老屋真的不大。

真的是不大啊。怎么？门前的山楂树没有了！移到哪儿去了？我分明记得那屋前有两株的。

我也分明记得屋里有两张画，还在吗？一张画是耶稣，手脚都让钉子钉出血来；还有一张是裹着白头巾的圣母抱着个婴儿，婴儿周围是一些长着白翅膀的小孩子。呦，老屋前的打谷场没有了，夕阳西下的时候，怕是再也没有孩子在嬉闹了吧！

老屋墙根也开始掉碎渣了，砖头上还刻着“某某是吹牛大王”吗？墙上还残留着黄泥巴吗？我怎么找寻不到了？

呦，老屋门上着锁呢，我进不去，门缝太小了，屋子里太暗了。奶奶，你是不是裹着你的蓝头巾刚走啊，去哪儿了？上教会了？天已到下傍晚了，你是不是要回来了？回来的时候，你还是会在我面前摸出兜里的灰手帕吧。手帕里裹着糖，教会发的，你舍不得吃，留给我的。

呦，奶奶，老屋里怎么看不见你的发箍呢？

呦，奶奶，老屋里怎么看不见你用毛线绳当做镜腿的老花镜呢？

呦，奶奶，你是不是又腌你的冬瓜了？我分明闻到了你橱柜里咸咸的味道。

奶奶，你还记得么？每次爸妈在田地里干活，有时割麦子，有时拉稻草，我总会在这老屋睡着，睡醒后，我总是会哭，而你也总是在我哭后，把门锁上，趁着漫天的星星带我去寻我的爸妈。

老屋门上的春联剩下很少了，就这仅剩下的，也褪了色调，我仍还记得，奶奶，你病重的时候，躺在矮绳床上，你的头朝着门，门朝着东，我因为太贪玩，也太害羞了，刚踏进这老屋的门，便看见很多亲戚，于是又很快地跑了出去，在出去的一刹那，我分明看到，你的眼神多么希望我能唤你一下，问候你一声。

我也分明记得十年前，十年了，你躺在矮绳床上，脚朝着门，门朝着东，我跪在门前，朝盆里为你烧黄纸的傍晚，我望着那烟，望着你露出的小鞋，当时我是多想你的脚能动一下啊。

啊，奶奶啊，老屋啊，春天在旱沟的尖笋头里生长的时候，我再也不能在那些青砖墙上用石子刻画自己也不明白的图案了；夏天在狂风暴雨把泡桐树吹倒的时候，我再也不会在一张矮绳床上被惊醒了；秋天在大雁飞过头顶的时候，我再不会被一个老妇人牵着，到那些沟边树林里，用竹搂地耙去拾落叶了；冬天在被门楣上的腌冬瓜熏过的时候，我再也不能见一个老妇人坐在墙根绣鞋面了……

奶奶，有时我想：或许我也早已经老了，甚至也已残灯将灭了，现在年轻的我，或许只是那个老了的我坐在摇椅上，苦苦回想吧。

只是，奶奶，你在我苦苦的回忆里，为何不像老屋这般长久呢？

冬夜之思

一

天真冷，明晨该会下霜吧。想到霜，我总会不自觉地想到“苦菜”（同荠菜很相似），总记得它叶子上那又雾又白的粉，在幼小的年龄里，自己老觉得毒草就是那种模样。

也不知现在乡下的田间、旱沟里怎么样？“黏草稂”（即苍耳）是不是已被孩子放火烧了呢？还会有孩子把它揪下来，去粘在别个孩子的衣服上么？还有那些“臭芝麻”，会粘满裤脚么？我到现在都不知那很香的草籽，为何叫“臭芝麻”！

还有那空的墨水瓶，还会有孩子将它填满细沙，为了制成陀螺，去生一把火，将沥青熔化，好把弹珠粘在墨水瓶口么？还有那抽陀螺的鞭子，还是从废车轮里抽出的细线编成的么？还会“咔”的一声把墨水瓶抽裂么？然后看到细沙被吐出个半圆么？

以上的这些还在么？倘若不在了，那“高木屐”呢？我还记得那用铁钉固定在棉鞋底的木屐齿，它会时常松动摇晃的。还有乡下的夜晚，倘若土路上落了雪，月光有没有映出一条条木屐印呢？是大人们刚从牌局那回来么？身上有带着老头特有的尼龙与烟草混杂的气味么？不然，自家柴门里的狗怎么也不识了呢？

二

玻璃窗上结满了松花，忽想起儿时的冬季，倘若碰上雨雪天，上学是最苦的，因为要穿水胶鞋，而又因家贫，鞋子是前年买的，早已开了胶。往学校去的一路，满鞋都是水，从学校回家的一路，满鞋又是水，天寒地冻，最后脚失了知觉，自己只一路把鞋呱唧呱唧踩得很响，望着沿路的枯草，聊以自乐。

可一旦到了家门口，两眼便自己忍不住地哭出泪来。

母亲自然是心疼的，她把我那湿透的鞋脱掉，然后把我的脚放到她怀里焐。即便如此，迫于生计的压力，她没有钱去为我买双新胶鞋。她只是想到了一个好办法。她把旧衣服找出来，噙着泪从那上面剪下些旧布来。往后，我再穿水胶鞋上学，她会先用那些破布把我的脚包裹好几圈，接着，为了防止鞋因开裂进水，她用塑料袋在裹好的破布外再包上一层，最后，把我那被塑料袋与破布保护的脚穿在开裂的水胶鞋里。

我便是穿着这样的鞋上的学。

三

天气如此冷，忽想起两个四年前写的真实存在过的笑话：

(一) 乡间有个人，约五十岁。正月十五吃饺子。媳妇要端一碗给孩子的奶奶，他说："别端，老的以前什么没吃过！"媳妇要留一碗给未放学的孩子，他说："别留，小的以后什么不能吃！"

（二）原来，本地有个地主姓张，吝啬出了名。一家子吃饭。饭是棒黍饼，棒黍稀饭，一碟腌黄豆。地主吃着就来了火，给儿子劈头就是一巴掌。地主说："老子喝三口稀饭，才就一个腌豆。你喝一口，就一个腌豆。喝一口，就一个腌豆。败家子！"

逝去的风景

一

倘若有人问“蓝头巾”这是谁戴的?现在的孩子或许答不上来了。但儿时的路上,“蓝头巾”是很常见的,它们总是被一些老奶奶围在后脑勺,扣在脖颈。

当然这些老奶奶家的老屋如果仍在的话,总会在家前不远的一株大栗子树下有着一口老井。但即便在儿时,这零星剩下的老井也已不用了,总是被盖着木板,倘若你好奇去蹲在圆井边看,从木板的缝隙中,清晰地可见井身的青砖与井下的水影,倘若再好奇一点,小孩子会站在木板上跺脚,好让那细土粒从缝隙中落下,在井底发出阵阵细微的声响。

我奶奶老屋的旁边一家就有这么一口老井,我也时常到圆井的木板上张望。后来,这口老井被填平的时候是在夏天的中午,让这家汉子挖出了十几条蛇,这些蛇被打死丢在离养蜂人不远的路中央。

这家汉子的母亲那时还活着,还记得她围着蓝头巾,满头白发地坐在大栗子树下埋怨他的儿子,不该把蛇打死。因为那是祖宗。她说,有一回，她在半夜起身溺尿，刚点起煤油灯便看到屋子里有条蛇。她当时没有怕，把拄的拐棍放下，边朝着蛇磕头，边看着蛇游出门。这老奶奶对小孩子说，家蛇打不得，因为那是祖宗借蛇身回来看看家，谁打了家蛇，会招灾的。

二

倘若找一句关于门当户对的俗语，那“笆门对笆门，板门对板门”，这一句话是最好不过了，其中这话里的“笆门”，现在或许很少有人一眼识得了。但是，在儿时的乡间，这笆门是最常见的，这种门多出现在老头的屋子上，多是用棒黍秸或芦苇柴扎成的，或做小院门，或茅房门，或锅屋门。所以，儿时常常会看见老头的矮屋墙后靠着一摞扎起的芦苇。

这经年的芦苇除了做笆门以外，当然也可以用来编席子，但那是大人们的事，小孩子呢，记得“清明前后，种瓜点豆”，倘若有些风，乡下的孩子会在麦地里放风筝。

这风筝，自然不是买来的，是自个儿亲手糊的。糊风筝无须编席子的手艺，但也要费一番事。首先，孩子需到老头墙后去偷几根经年的芦苇，因为经年的芦苇没了水气，很轻，然后，把这些芦苇剪扎成歪田字形的架子，用绳绑好，绑好后，孩子还需找到旧报纸，再嚷着让母亲给自己熬面糨糊，好把旧报纸用糨糊粘在风筝架子上。这些工艺皆完成后，只需在风筝中间扣一根长绳便大功告成。

当然，正夏天的时候是没有风的，自然无须糊风筝。倘若到了朗月的夜晚，芦苇柴编的席子虽凉快，但也挡不住蚊子的嘴，老头被咬得睡不着，起来出了门，倚着墙吸他的老旱烟。老头的屋前是一排一排的树，树影在墙上、在地上扮老头白日里讲给孩子听的鬼，瓜架下被鸡儿窝出的小坑在月照下格外显眼，一切皆剩虫鸣声。

三

在儿时的端午前后，乡间有一种挣钱的活，叫“踩大蒜”。因为在这一时节，大蒜已被编成大辫子放到街上卖了。而有些人需要去皮的大蒜，但大蒜一一扒皮太费力，于是在乡间，这时候，家家的门前总有一口大缸，把从主户那拿来的几布袋大蒜皆倒进缸里，无论是小孩，还是大人，皆扶着土墙，赤脚在大缸里踩。孩子自然体会不到这份辛酸，只觉得很好玩。

这多少让我想起在十冬月的时节，在落点雪的时候，乡间的小沟里会出野藕，小孩子总能看到一些人赤着脚到那冷水里，用脚崴藕。到了开春，小阴沟里会出淤肥，小孩子也总会看到有担沟淤的人，那是女人和丈夫，一铲一铲地将沟里的淤泥端到担子里，然后一前一后将淤泥担到田地。现在想来，乡下人实在不知一年中什么时候是清闲的。

四

关于儿时的傍晚与夜，有时，树林在夕阳映衬下投下一排排长长的倒影，有时，窗外是雨声阵阵，趴在窗外望，雨落到瓦片上能溅起一层白雾，竖耳细听，雨打在叶子上，时而如石穿树林间，时而又如沙落湖面，当然，更多的时候，会点着一盏罩灯，母亲在纳鞋底，时而拿下罩灯的玻璃罩，用剪刀剪去罩灯里的棉芯，时而将针锥在头顶上擦一擦。我呢，坐在罩灯下，听她讲：

“人老了，就不是睛压的小扁担了，瓜老了，熟透了，也掉；

“古话说，当地无鬼不成灾；

“老话说，要饭的也有两三个朋友；

“儿行千里母担忧，母行千里儿不愁；一个老的养十个小的，十个小的养不活一个老的；

“小孩肚里有口锅；

“正月初一吃饺子，饺子里会包钱；到初二要吃面条，好把初一吃的钱串起来；正月初三放鞭，叫炸虫；

“蝎子倒爬墙，人越活越该败；

“麦盖三床被，头枕馒头睡；

“……”

那时，我总爱仰着头

一

“不知道何时，
腰弯下了，
但我分明记得小时候，
我总是仰着头。”

二

那时，我总爱仰着头。

因为仰起头，就能看到火烧云。在那火烧云下，我和父亲抬着上面摆着碗碟的桌子，碗碟里盛着娘婶们亲手做的饭，这是要烧给我那刚落上土的祖母的。父亲怕扁担把我太嫩的肩膀压着，让我在前面走，他特意把扁担上的绳子朝他那一边捋。

我的肩膀实在有些疼痛，土路上尘土像白面粉一样被踩起，我问父亲：

“爸，人为什么要死去呢？”

父亲握紧了扁担与桌子之间的绳子，白笼布把碗碟盖着，几天的丧事让父亲略显得有些疲惫，但父亲还是有些笑意地说：

“人都要死的，不然，从远古到现在，满世界的人，人连插脚的地方都没有，人就没法活着了……”

这是我生平第一次听到关于人为何要死的回答，那一年，父亲四十几岁，我十几岁。如今他近六十岁，我呢，已近三十。

三

那时，我总爱仰着头。

因为仰起头，我可以在闭着眼的时候，让微风吹动我的刘海儿，让阳光透过树荫缝在我的眼皮上闪。然后，去闻槐花开放时的甜味，去看雀子叼着树枝在头顶从容地飞过，也好去扯墙头的栝楼藤，惊讶丝瓜藤叶上的蛇斑，怀疑是否有蛇爬过。接着，土路上会有老头过来，叫喊着：

“有知了壳，来卖的！”

“有栝楼根，来卖的！”

老头不知是哪儿的人，但总是在两株爬满天牛的大槐树下停着，我急忙把家门后挂着的袋子拿下，然后跑到老头的去处。袋子里装的自然是我这一夏拾的知了壳，老头用他带着的秤称了称。我望着他，他蓝布做的腰带上总挂着旱烟草和一个小布袋子。小布袋子里装着皱皱的钱，钱被手帕裹叠了一层又一层。

我知道，这老头到冬天的时候还会来这，还会带着布袋子，只是布袋子会挂在肩上，他敲开我家的门，拄着拐杖，手里拿着破碗，说：

“小爹小娘，赏几口饭吧！”

我放开门，仰着头看他，明白了母亲为何不让我用筷子敲碗边的原因。

四

那时，我总爱仰起头。

因为仰着头，我能一个人在黑夜里旋转着身子去看满天星斗，就不用去理会父母的争吵，也不用去看那被父亲掀得四脚朝天的桌子。我转累了，便学那些老头蹲在墙根，然后背过脸不去看那土房子的家。

那时的家里实在太贫穷了，妹妹因为穿了她哥哥旧的裤子、毛衣、布鞋子而时常哭泣，哥哥呢，有时傍晚时分，为了省灯油，不得不听从母亲的教诲，在露天的石磨上写作业，夏天写到抬头可以见到傍晚飞舞的蝙蝠，冬天写到可以见到人家烟囱里冒出星火，才能被容许进屋上灯。除此，布书包是逢集的时候裁缝做的，不经风吹雨淋，毫无疑问，是补了一处又一处。还有那毛衣，是母亲在煤油灯下织的，本来毛衣就有松紧，做的时候又特意将毛衣做成大号，这样为的是可以穿上一年又一年。可是，穿久了，鲜艳的颜色褪去倒罢了，有的时候，因为毛衣线被洗朽了，破了洞，恰又找不到当时织的毛线，只好用别色的毛线代替，本是绿色的，非要在肩上补着几块灰色的……

人是很怪的，家境如此，不会令父亲开心，他只得常用祖母说的话来激励我，说我生辰“逢八有马骑”，希望我在念好书上下苦功，给他一个交代。可我呢，总是爱仰着头。

于是，有一回，当大雁往南飞的时候，父亲寻得一根竹竿，满院子追着我打，竹竿打裂了不说，父亲还让我在堂屋前跪下。我害怕极了，自然不敢违抗，腿不由自主地向下弯。

可是，就在这时，有人拧我的耳朵，把我提溜起来。是母亲！她说：

“没骨气！这儿谁死了？你跪！”

五

那时，我总爱仰起头。

因为仰着头，我可以诗意般地在祖母家旁的树林里欢笑。春天的时候，推开门，在柔嫩的晨光下，满眼都是挂着闪着金光的绿铁片，满地都爬着碧绿的毛毛虫；夏天的时候，满院子的荫凉，坐在荫凉里，望那透缝投下的日光，数那白杨树间挂着的牵牛花，很是惬意，当然，也有恼人的，那便要数盖过鸟声的蝉鸣了，因为林子大，房子又在林子旁，蝉鸣实在能把人的耳朵震聋；等到了“吃七月半的饺子，找破棉袄”的时候，树给人的感觉是渐渐清冷了，微风吹过，树间只有传下阵阵的沙沙声了。再过一两月，怕真要穿毛衣了，深秋已至，清晨最是不敢早起的，因为实在不知昨夜发生了什么，更不知是谁将黄叶铺满院子、屋檐、墙头、门前、小溪、枯草……不久，等到冬衣送过，阳间人傍晚从坟地回来，行走在树林间，瞧那缠绕树梢的炊烟，以及树林不远人家烟囱迸出几点火星，实在别有一番情致。倘若再下一些雪，那么，人的一切都交付于耳朵了，窗外是漆黑一片，晚归的人把雪踩得吱吱地响，屋前鸡窝里的鸡踩了脚，咕咕地叫了几声，第二天雪住日出，人端木凳子坐在屋前，那瓦片沿上能结成“冻溜溜”，响着滴答滴答的融雪声。

六

那时，我总爱仰着头。

因为仰着头，我就能放肆地笑。仅此而已。

那　时

那时，我还小，大姨死了，从那时起，母亲的心里便有了扇门，门里锁着死去的大姨。

白天的时候，锁紧紧地扣在门上。夜是一把钥匙，寂静的一把钥匙，每到晚上，母亲就倚着床框哭。那时，我很小，睡在母亲的身旁。月光透过窗子映在她的脸上，映在我的心上。

那时，我很小，白天常到河边去看薏苡，有时把书包丢开了，把叠纸船的课本丢开了，把薏苡装满了口袋，晚上到家用毛线穿成一串长长的念珠，每次夜如白昼的时候，我便把薏苡珠藏在枕头里，因为，年老的人说，念念“阿弥陀佛，大慈大悲”，许多事就过去了。那时，我还不懂，念了“阿弥陀佛，大慈大悲”，次数只能增，不能减。

那时，我会一种笑，一种什么都不去想的大笑。笑得能仰翻了板凳，笑得能趴在被子上叫肚子痛。母亲也会这种笑，当父亲把我抱起来打她的时候，当她看到我笑得仰翻了板凳的时候，当她看我笑得能趴在被子上叫痛的时候。

那时，夏夜真如白昼。像是天上也过元宵一样，挂满了灯笼，把人间映着格外的白。蒲扇里能摇出流光，墙上也被罩了一层轻纱，地上能踩起光的土。

母亲那时穿着粉红色的褂子，梳着粗马尾，发卡上的蝴蝶在月光里像是真的一样。她看我踩地上树的影子，便摇着蒲扇，说：

“你大姨小时候，晚上最喜欢玩火柴，每次玩火柴，你舅爹就说，天上本来是没有星星的，自从地上有了玩火的小孩，天上的小孩就学坏了，也学会了玩火。玩一次火，天就烧一个洞。时间长了，才有数不尽的星星。本来，你舅爹是想劝你大姨不要玩火柴。没想到，以后更厉害了。一到晚上没星星，你大姨就偷火柴到这天空下，朝着天把火柴擦亮。”

说着说着，母亲就笑了。笑着笑着，母亲就哭了。

那时，什么都慢。那时，又什么都快。

如今，母亲的头发还是黑的，可里面却都白了。漂亮的发卡也换成了黑头绳。她心里又上了一把锁。她不爱笑了。我也不爱笑了。

什么都抵不过命运，什么都会变成过往！

我们无法选择地在尘世里迎来送往，也终将无法拒绝地注定会被迎来，被送往！

当然，从被迎来那刻起，我们的人生就注定了与遗憾相伴一生。

或许，这便是人生。

春　痕

清明前些天，若歇了凉雨，才知春的美好。

桃树有了花苞，一朵早熟的已露出瓣红。边上砍掉了荒草的地方有几只小睡狗被外来人惊动在叫，未砍的草仍站着，依生时的模样死掉，它们便是这样挨过了冬春，藏着悄悄长出青的痕迹。

这是生命的姿态！看似柔弱的它们，却是这么坚韧！

去小沟边看看吧！

芦苇枯死了，可还在那站着，跟夏天的模样一样。它脚下的土地里有它们的新生命，它们正翘首等待破土的那一刻，让你惊讶！

还有，不知在什么年代倒掉的柳树，在它躺在地上的枯身上长出新的枝条，枝条青青的，像极了小女孩头上的小辫子，真美！

还有，在那柳树上的一根萝藦的枯藤，真会骗人！它把自己裂开的萝藦壳给你瞧，让你产生为它吹种子的心思。可当你揪下那萝藦的时候，你会发现，里面的种子早已被风吹走了，去它去的地方，生根，发芽！

这时，风吹得急，可是很柔和，像一个母亲正在唤醒她沉睡着的儿女一样。

花儿有开了的，红的，黄的，粉的……

当然，啼鸟是免不了的。

“咕、叽咕——”

“嘎嘎嘎，嘎嘎嘎嘎——”

“叽——叽——”

“噢噢叽——”

到了傍晚，出了星，头上不知什么鸟在飞，孤独地叫：

“昂——昂——”

此时，若再去小沟边，定会听到三两声蛙子（蛤蟆）叫。这倒让人想到“起蛙鼓”的儿时了。

儿时，怕听蛙子叫，因老人们说，小孩子听了蛙子声，腮帮会鼓，即“起蛙鼓”。但蛙子到处有，“蛙鼓”终是起了。老人们又说，找来仙人掌捣碎敷在脸上，便会好。有些孩子不懂，指教人不要去仙人掌的刺。我受过这苦。

小孩子仿佛真会骗人。儿时听小伙伴说，用手指长久指那花骨朵，花骨朵便会枯萎。不知真假。

也不知清明会不会下小雨呢？

想到小雨，便想到母亲说过不全的俗语，补了补，坠在这：

春雨贵如油，下的满街流，摔破小孩头，滑倒一头牛。

谈“忘却”

记得那是棒黍要收的时候，奶奶去世，便要迁祖父的旧坟。请来的忙事人自然不知我祖父的睡向，便只有听我叔伯的记忆挖坟。

等送葬队伍去时，那本傍着祖父坟的松边便有了大坑，坑边上用芦柴席裹着尸首。抬那“芦柴席”的，仍是那几个忙事人，其中一个人笑着说：

“二哥记不好还争强好胜，硬是把方位记错了。一铲子下去，‘砼，砼’，在他头上，两铲子。”

那人望着麻绳绑的“芦柴席”，未叹气，但显得很晦气的样子。

……

我不禁想：是不是我们都这样，都会忘却祖辈，忘却祖辈埋的地方，或者将来，我们也会被当做祖辈被忘却呢？

我得不到答案，于是，我坐在窗边去想，就我自己而言，现在的我忘却了什么了呢？

我想，我忘却了年少时离家出走的决心！

从小，我家的屋后有一条东西向的火车轨。每年的秋天，在那晴天碧落之下，风会把火车轨旁的白杨树的叶子吹落，人踩上去碎碎作响，还有火车轨下沟里的芦苇，被风吹得沙沙地摇晃着头。那时，矮矮的小小的我总是会去那，一个人走在火车轨上，偶尔也会俯下身子，将耳朵放在火车轨上，听远处是不是来了火车？

等耳朵确定火车到来的消息后，我便退到旱沟里，焦急地等待着。等火车一节一节地从身边过去的时候，我总是用手指欢快地去数车厢有多少节，然后从旱沟里跑到火车轨上，朝远去的火车背影挥手、呼喊。等火车消失在眼睛里时，我站在火车轨上，望一望不远处的家，望一望火车远去的地方，那时，我虽然小，但总是想，家啊，你虽然可爱，可是你太贫穷了，总有一天我要远离你，去往火车去往的地方！

……

我想，我还忘却了儿时在夜空下感恩一切的心灵！

说到夜，不得不说出满星子的夜了！因为在满是星斗的夜空下，人只想下跪，在那星空下，无论你多大，你都有张开手臂、仰着头打转的冲动，你也会自然觉得自己渺小，觉得自己活着是这么可爱。

在那满是星斗的夜空下，你或许也跟我一样，想到小时候，想到你曾爬到刚堆的麦垛上跳，曾在打谷场上打滚，曾去夺坐在门槛上老头嘴里的老旱烟，曾跑在高高的垄路上，让星子追着自己……

你或许也跟我一样，想到那时，对生活还不曾感到失望、悲伤，不曾抱怨、愤恨，也曾在满是星斗的夜下，做着美丽的幻想：

夜空是一件衣服，

满天星星是衣服上的珍珠。

而那颗流星，

是织衣人的绣花针在引着线！

除了出满星子的夜，家乡对夜有两种叫法，一种叫“黑月头”，指的是不见月光，也不见星光，漆黑一切的夜；另一种叫“亮月地”，指的是月亮既满又亮的时候，犹如白昼的夜。

无论是“黑月头”，还是“亮月地”，都让我想起了我的母亲。可能是儿时的我经常会“翻耳底”“打夜仗”，所以，对儿时的夜记忆颇深，在那半夜里，母亲总是搂着我，她知道我难受，于是总哼着眠歌，拍打着我的背。我呢，在母亲的怀里，望着窗外的夜，慢慢睡去，觉得一切都是一种恩赐。

……

我想，我还忘却了在一个人的时候的那份从容。

以前，你我或许一样，都有一份自以为傲的耐心，在河边，能呆呆地望着自己的倒影，慢慢地分辨倒影里的耳朵与嘴巴，然后去数河边不断游动的小蝌蚪。等夕阳西沉的时候，会望着天边的一排排树发呆，然后吃力地睁着眼，去找天上的第一颗星星。当秋天的风来的时候，喜欢一个人躺在旱沟的坡上，用手枕着头，看淡淡的云，看高高的天，看坡上的草被吹起的一层一层的波浪，看过路人骑着毛驴，打着响鞭。

那时，水无关光阴，清清的，潺潺的；大雁也无关归宿，自在，嘹亮；人呢，无关生死，成败！

我想……

……

我想，或许，在生活不断的搓磨里，你，我，我们，都忘却了一些东西，好的，不好的，或许是来时的路，或许是曾要去的地方！

回乡的异乡人

记得那是一天的早上，天下了些雨，在路上遇到一个女人牵着个小丫头，自己本以为那是一个母亲送女儿上学，不想在拐弯处又遇到一个急迫赶路的老婆子。这老婆子手里提着一袋子的银锭，这让我猜出她们是去往何处的。这也让我想起七天前的十月朝，我依往常问爸爸："十月朝，你去舅奶家了么？"爸爸则略带笑地说："莫提这个，你妈不让说。"听到这个，我轻轻地用了"怎么？"便不再问。

妈妈又没有回娘家，这次连为我舅爹送一件"寒衣"也没有。可我舅爹在这世上活着的女儿只有她这么一个了。我难受极了。有时想哭着说："妈妈，你真狠心。"可我没有落泪，我是知道她的狠心是如何而来。她总是这么无奈地安慰自己："活着的人尚且顾不过来，死去的只能搁置一边了。"我真没用，不是么，我的妈妈？我知晓自己便是那仍喘着气给你带来苦难的人。我明白，但我不敢想象，多少个夜里你未曾安稳熟睡，又是多少次从带泪呼唤你早已故去父亲的梦里醒来。

只怪你儿子还没有给你骄傲，仍不能给你一个回娘家的脸面！真悲哀啊！

……

以上的话，写于2012年11月20日。那时我还怀揣着许多的梦，这些梦之一便是给母亲一个能回娘家的脸面。可，时间真像儿时的火车声，呜呜呜，像是在耳边浮起，可又让人真真切切地明白那真的不见了。是的，五年过去了！

这五年里，我仍是那个样子，在心里高傲地想，我是如何爱着我的母亲，可是，我依然没有给母亲一个回娘家的脸面！

有时我想：五年过去了，我呢，快三十了，可自己为何依旧如那春日里的枯芦苇一样卑微，为何不能如花儿那般灿烂！

就如今天是清明，在别人的眼里，春来了，今天是踏青的好时日，听，天上的风呼呼的，可以托起风筝；瞧，桃树上可以落下如桃子一样形状的花瓣，那落的样子，像极了雪。花荠菜，爬山虎……也都开了花。可是对于我而言，春天就好像冬天的一个延续，像那冬日里碎了一地的冰，还没等我去拾，已化成了水，进了土。

在这样的情绪之下，在这清明本该踏青之时，我从县城回到了我的那个庄子。

我是中午的时候到庄口的，一下车，走在乡间路上，不知为何，我的心竟跳得很厉害。我忽然想：我还是这个庄子里的人么？

于是，我想跟路上的人打招呼！可是，路上都是一些匆忙的身影，熟悉而叫不出名的面孔，有时鼓足勇气，咧开嘴叫“你上街啊？是我！”可，最后发觉人家根本不知道我在叫他。因为他不认识我了，我比我离开时胖了，还是瘦了？我自己问自己。

于是，我又想跟路边的风景打招呼！春天来了，路两边的白杨树上站满了扑动着翅膀的绿蝴蝶，风时而轻柔，时而猛烈，我来到儿时的学堂，站在那儿的大门口：

墙矮多了！我想，在我离开的时候，我记得这墙是要用一摞砖才能爬上去的。可如今伸手便能摸到墙头上的玻璃碎片；门楼上的荒草也长高了！我离开之前，可不是这样，门楼虽然有时褪却了色彩，但依旧有孩子在上面用小手指着远方……可如今怎么不一样了。

于是，我还想跟儿时的小河打招呼！我记得我曾在那河边，用纸叠了一只只小船，一只又一只地把它放在河里，让它在芦苇里穿行，飘到不知地方的远方。

如今的小河边冒着浓烟，有一个人正在那里烧他的旧破烂，岸上也寻不到密密匝匝的芦苇笋！河水也再照不出天的倒影！

于是，我还想跟庄子里的伙伴打招呼！那时我们的家都一样穷，一样的穷到有时玩累了，我们会到别人家的地里找着一根香菜，然后烧一碗菜汤，分着喝掉。可我们快乐。我叫遥砧，你们都叫得起我的名字，而且叫得很响。

如今我走在路的这边，你走在路的那一边，飞驰而过。

……

啊，我真想跟庄子里的一切打招呼！可为什么？对这个庄子，我好陌生。为什么会这样？我问自己，我在这个庄子生活了二十几年！如今我什么都不认识了，或者说，任什么也认不出我了！我不禁想：这二十几年，我做了一个又一个的梦，可随着一个年又一个年的过去，那一个又一个的梦，被一个又一个的丢掉。如今将近三十了，忽发觉古人说的“衣锦才能还乡”的话是真的！

我望着不见了的瓦房、旧围墙的房子，再看一看为这一次回家吃力打扮的自己，不由得叹了一口气：

不认识我也好！不然，我真害怕啊。庄子里的人，你们若问我：

“你在哪里发了财？又在哪里做了官？”我真回答不出来。因为，我快三十了，没发财，没做官！不敢回家乡！

……

今天是清明，树上会有啄木鸟，父亲说：“不回来也行，回来当然更好。靠河边有座坟，坟里埋着你的祖宗！”

三株树的闲话

倘若有人将我的眼蒙上，让我分辨三株树：白杨、泡桐、杨槐。我当然能一下子就闻识它们。杨槐偏香，泡桐偏臭，白杨中间；倘若有人再让我在功用上分出个高低来，那还是：杨槐、白杨、泡桐。因为用杨槐料的木具不易朽，是最撑年月的；倘若还有人让我在其他方面给个比较，那便是食用方面：杨槐花吃过，白杨叶咬过，泡桐仅在闻。这些，当然是儿时留在根深里的感触。

杨槐，不高，整叶如撑桨小舟，开白花，味甘香。儿时最爱杨槐，常常一个人躲到杨槐树下，搬几块砖头，踩上去折杨槐枝。杨槐枝若是开花，花固然是吃掉，很是清甜。枝上面的整叶呢，捋掉小叶，剩下的茎，在小孩子的手里，足可编成小舟、小箩筐……只因这点滴童趣，故而最喜。当然，杨槐也招虫，一种在母亲嘴里叫“弓腰虫”的虫子。

白杨，家乡最常见的树。因这份常见，我在一处读到：旧年的风俗多在墓茔处栽植白杨，颇感惊奇。在家乡，满眼的白杨，实在无法因特别而生风俗之感。但一年四季，酸甜杂味皆在风吹白杨的声响里。

记得前年清明，广玉兰、荠菜都已开了花，我随父亲去扫墓，祖辈的坟在大片白杨里，已无法寻到一条清晰的路，顺着父亲的指引，我得知这是我曾祖父母的，那是曾曾祖父母的，望着那些已不见坟样的坟，白杨树枝鼓着的叶苞，闻着黄纸烧起的烟，以及想着白杨树叶在微风中过些日子会发出像细雨的声响，我想：人啊，倘若不踩出脚印，你在这人世间活过的努力与挣扎，又有谁知晓呢？

白杨树叶在春风里自然是“哗哗啦啦”，可到了夏天却不同了。因为白杨高大，又在屋周遭，记忆里，每次暴风骤雨的夏夜里，自己被雷惊醒后，总会见到母亲独身坐在窗前的桌边，双手合拳捂住胸口，窗外是阵阵“唔——唔——”的声响。在闪电的映衬下，我撑起身子，顺着窗往外望，家前的白杨树梢被风吹得弯着，而母亲呢，我在蒙眬里听她念叨：“哎哟，老天爷，慢点刮啊！树啊，别倒，砸了屋子可不好！”

好不容易挨过炎夏，到了秋天，白杨树叶纷纷凋零，缠在低枝上的萝藦藤也已枯败，炸开壳的种子随风吹向远处。记得六年前的一回，母亲在白杨树下背过身看夕阳，我记得，她那时穿着出嫁时的绣梅褂子，映得那天的夕阳格外红。到夕阳只剩下余晖的时候，我发现母亲在屋里的漆红桌子边，拿着剪子，像在铰东西。我从屋外走进去，以为母亲又在剪她的前刘海儿，便说：

“妈，又剪前刘海儿干吗？”

母亲见我，忙丢下手里的镜子，说：

“不是，这儿有几根白头发。”

我凑过去，一瞧，母亲黑发里有些地方已在齐根处染上了白色。我咬着下唇，笑着说：

“妈，让我来，就一根丁点的，哪里用着剪子呢？”

这六年前的一幕，现在想起来，如在眼前一般。万事岁月蹉跎，就在今天，我随母亲携女儿到屋外玩耍，忽然，母亲摸蹲着的我的头发，说：

“真随你爸，才多大啊！头顶上都长着三四根白头发了！”

从母亲的声音里，我分明闻到了泪水的味道。

冬天的白杨，光秃秃的，树下的叶子踩起来发出碎碎的声响，此时当然会有老婆子，拐着粪箕子拾落叶。白杨树有长在旱沟边的，旱沟边常蹲着一些老头，不知他们从哪儿捡来的白杨树根，正坐在那烧树根烤手。

看到冬日的白杨，除了这些老头与婆子，可能是因为傍晚囱烟绕在白杨树间的缘故，我总想到儿时贫困的岁月。母亲常说：

“大人作假，小孩伸爪！”

这些一点都不假。因母亲就常作假，常把吃的都留给伸爪的那小孩。听母亲讲，她小时候吃饭，一家子的下饭菜只是一个咸鸭蛋。怎么吃呢？家里的长辈会用筷子将鸭蛋的一头捅了洞，然后自然作假，小孩呢，没法伸爪，也不能谈“隔锅饭香”，并且只能伸一只筷子，戳一次那蛋洞，用嘴捋一口筷子，吃一口饭。

泡桐，易朽，树芯空，轻，叶大如猪耳，雨打泡桐叶做噼啪声响。

一把椅子

这是把椅子，
黄色的，
鸟儿用小脚在上面踱过步，
风把叶子吹落为孤独的它铺上毛毯，
夕阳来过，
月影来过，
或许你也曾坐过！
那朋友，
请不要问我：
你从何处来，又将要往何处去？
因为，
在那椅子上面，就残留着你活过、爱过的痕迹！

踩落叶

秋风呀，
别再将满地的枯叶踩出碎碎的声响了。
不然，你瞧，
我又像是个孩子似的。

问　话

落在青瓦上歇脚的鸟儿们，
你们哪一个曾衔过我儿时吹散的芦苇花？
又是哪一个曾在那已倒的老屋上哼唱过？
在出星子的夜里来告诉我吧，
我已离开儿时的风景太远。

第二辑

生命中的『依靠』

当父亲的身影从我的眼里不见，进了暮色里之后，一个念想突然从我心头生起：一个儿子从他出生开始，他就永生地亏欠他的父亲。并且，这笔亏欠，是这个儿子永生无法偿尽的债！

秋　思

秋来了，凉晨里的雀子缩着脖子站在墙头上。人呢，在受挫里活着，便爱做些梦，得些益于活下去的力量。可是一旦这梦破灭，带给人的却是更大的受挫，甚至是一种几乎要死掉的宿命念头。这让人想起乡下秋冬的黄昏，那是忧伤的。一个孤独的人惆怅地望着秃树里的囱烟，听母亲的竹扫帚扰动落叶的碎音。天短了，夜也来得快，鸡找着石磨下的圈，使人产生对“生命归向何处思考”的落泪情怀。再看着母亲的背影，想着多年后，自己也将会是这世上无家的人，不禁要去搂着母亲，默默地望望天在心里祈祷。可是每个人皆明白，一切终不再如从前，岁月也终会让人懂得告别与遗忘这一回事。

前天重拾思绪，无意翻出年初在古代汉语课上写的文章，一则是首诗：(《梅花》) 月上东檐影上墙，枯柴瓦冷石沾霜。只恐月偷朱颜去，可奈蝶来梅不香。另一则为文言文：为传者，非茔内人，即乃拄拐者。吾发未白，情如风吹湖面，实难就。故只记一次“洗艾水”，望迁就。方孩童，逢端午，母割艾煮艾水为吾洗身，吾喜之，赤身站于木盆内，食熟蒜与鸡子。问之为何，母曰："此好。"吾小，不晓母之祈藏于内。后，久离家，吾体已粗实，吾母不曾如孩童般抚之。一夏，夜已深，母为吾赶蚊，坐床头同吾言语。是时，吾方洗毕，袒上身，笑曰："吾胖矣。"拉母手抚吾胸前。母笑缩手。吾难受，顿觉酸楚。

——唉，让人落泪的年月啊。衰老，死去，是一条黑暗且有尽头的路。父母举着照不了路的灯在遥远的前面走着，他们的存在让后人忘却那路不定数的短暂。可是，日子来了，那灯终会被丢在路上，轮到自己轻轻提起，同倒在枯叶堆里的旧人一样，无奈、恐惧地给后面的人充当一个还有路的那点希望。

眼下已过中秋，又不会站在家院瞧那黄月亮了。心自然难受，可奈何走路闻到桂花香，心里本来就因前途受挫被扰乱，又想到家里的桂花树，忧伤起，写下《秋思》。

一只小瓦罐

秋已暮了，这时的乡间该有一个赶毛驴的老头卖炭球了。那嗒嗒的马蹄声，清脆的皮鞭声，及小驴偶尔的嘶叫喘息声，总使自己想到傍晚的黄昏。此时，屋子里也该点起了煤油灯，那昏黄的灯焰被风吹摆，使人影不时晃动，如一个寂寞的人倚在墙上诉说着心事。这种迟暮的情感，时刻扰乱着自己，不能被忘却。

于是，我时常想到，在旧年里，祖母家四周树林子每至秋深皆是落叶，小孩子会躲到棒秸丛里玩耍，听那漂亮的鸟声，寻芦苇遮住的那细细摸石而过的溪水。每至傍晚，祖母及一些邻近的老婆子会拐着粪箕子，拿着竹编的小搂地耙子，在那儿拾落叶来烧饭。不久，那囱烟便升起了，让人想到夜的来临。

那落叶的树林子，有时自己也去玩耍，会发现狗骨，仿佛也有陈年的人骨。那有条沟塘，是二爷为养鱼挖的。

记得有一年夏天，二爷家的哥哥从沟塘边砍青竹来做鱼竿，在干涸的沟塘里拾到一个小瓦罐。记忆里，那像是傍晚，蝙蝠在头上飞荡，祖母坐着的椅子边靠着缝着布边的芭蕉扇，祖母穿着暗色的褂子，正用簸箕拣米，见哥哥手拿着那小瓦罐，便用极渴望的语气说，那是她以前用过的，要哥哥给她。哥哥因一点天生而来的野性，便不懂世故地抱着小瓦罐跑了。我在旁，觉得心疼，因为我仿佛看到这只小瓦罐的下场——总有一天会被哥哥砸坏。于是，从那以后，每次到二爷家，我总留意那只小瓦罐，有时跨过门槛，便在门后见那只小瓦罐被用线穿过耳朵挂在那撑梁的木柱上，有时也会被哥哥提着盛他从小河里摸起的小鱼虾……

那时的我，常想，终有一天，那只小瓦罐会被哥哥摔碎扔到河坡上，渐渐地,我就把那只小瓦罐忘却了。

直到那年棒黍欲收的时节，祖母去世，我家北田的地里让挖了个大坑，那些棒黍睡成一圈。待祖母下葬，我在坑边上看着，忽然，我的心被一样东西挠动了，那便是那只小瓦罐。印象里，可能是迁坟合葬的缘故，在坑北“墙”让挖了个如窗户的洞，那忙事人安置好我祖父母后，便把那只小瓦罐及点燃的灯放在那洞里（仿佛还有篦子、梳子），用红纸蒙好。于是，那只小瓦罐又回到了我祖母的手里。祖母呢，却永远地埋在了那寂寞的地里。

祖母死后，母亲告诉我，一晚父亲躲在她怀里哭了。

唉，人事啊，我已不止一次感慨它了。有时想，当我老了，或许父母早不在人世了，我的泪也许早已淌过了，可那时，我该如何活下去呢！我善良的亲人不在了！我温暖的依靠没有了！每想到这里，我总尝到刀刻在心上的那种孤独。

慢慢走

诗人在想什么的时候，夜里就总睡不着，一旦睡不着，诗人就埋怨一些景物。有的埋怨“灭烛怜光满”的月光；有的埋怨“雪声偏傍竹”的黑夜；有的埋怨“昨夜寒蛩不住鸣”的虫鸣；有的埋怨“帘外雨潺潺”的雨滴。

真羡慕他们！

有时，我们也想点什么，但我们都不知该埋怨什么！

所以，朋友，慢慢走啊。

你去看那雨！

细如花针的时候，下在青青的芦苇丛里，下在浅浅的小河里。小河岸上有老头戴着草帽子，正倚着白杨树打盹，他旁边有头牛，正甩动着它的尾巴。老牛的旁边是一片花生秧，碧绿的叶子间开出许多黄色的小花，在雨中显得更加新。过不了多久，那黄色的小花将落入土地的怀抱，生根。

你再去看那天空！

上面有火烧云，一会儿像烈马，一会儿像金银台；上面还有大雁，飞在一群“胸前的红花映彩霞”的孩子的头顶。

你再去看那花朵上！

有蝴蝶。再像小时候一样惊讶吧，再像小时候一般追逐吧。还有露珠！再像小时候一样尝一下吧，再像小时候一般凑过身去闻一闻吧。

你再听听周围的声音！

听，风，把雨吹来了，把雪吹来了。花儿知道，草儿也知道！它们首先苏醒，又首先沉睡。

听，雨，草儿摆着头，打理着它的头发呢。雨落在地上，敲在窗上，滴在石头上，打在瓦片上，你若细细听，声音都不一样！

听，早晨有鸡叫，还有人拍打着婴儿唱眠歌，钟的秒针在嘀嗒地走。

听，你的心，在跳！

你再去看看那些习以为常！

你发觉了吗？春天的落花，与秋花不同，是以飘落的姿态，诗意，奔放；而秋天的落花，是以枯萎的方式，静谧，安详！

你若开一个窗子，在春天里，绿意闯进你的眼，花香钻进你的鼻，无论你情不情愿。叶子呢，长着像船形的，有的像针形的，有的像花形的，红色的，青色的，紫色的，大的，小的，尖的，圆的，都以自己的姿态美着。

你再想一想现在的生活吧！

其实，生活已经很好了！就这样，已经很好了！母亲愁眉不展就愁眉不展吧！有人想跟你争吵几句就争吵几句吧！一年之中，总有那么几件让你心烦的事，就有吧！被人误解就被人误解吧！快乐与我无关，就与我无关吧！

试想想，这世上还有你的存在，还有人为你惦念，还有人在乎你的感受，你呢，对生活也还有所不甘，那还有什么埋怨的呢！

所以，慢慢走吧！最好去种点什么吧！

就像小时候，从别人家的篱笆里偷几粒葫芦的种子，到种瓜点豆的时节，就在那墙根边，挖一个坑，把那几粒种子轻轻地放在里面，填上土，再浇点水，再在旁边插一根长长的竹竿。

然后，一切就交付给惊讶吧！看，顶开了泥土！看，舒展了它的叶子！看，长出丝了，爬上竹竿了！看，开出白白的小花了！看，那么小的葫芦呀，带上花的发卡呢！

接着，再将一切交给幻想吧！过不了多久，小葫芦能长大。过不了多久，葫芦能被摘下来，从青色变成黄色。过不了多久，就能在葫芦身上刻字，给神仙装仙丹了！

等到那时候，你会发现，其实你种的不仅仅是种子，而是对生活的爱！

星空下的眼泪

有时，真觉得，这个世界只有白天和黑夜，可在小的时候，它可不是这样的！因为，至少，你可以在冬天的清晨，看见红红的“鸡声茅店月”的月亮，你也可以在夏夜，看见如白昼般“捣衣砧上拂还来”的月亮。

还有，满天星斗！

想一想，一个人远走的“星垂平野阔”；想一想，送一个远走的“长河没晓天”；想一想，自己也在那星空下活过；想一想，有些人曾在那星空里，被你幻想着，对你笑过。

有人说，星空下，是讲故事的好地方。是的，太静谧了！小小的人儿多想对着天叫，却又不敢，只有，风轻轻的，把家院里的老白杨树吹得沙沙作响。

在那星空下，有一回，小小的我仰着头，望着父亲，问他：

“爸爸，天上为什么有雾呀？”

父亲抚摸着我的头，沉思了一会儿，说：

“天上为什么有雾？因为，天上有个大烟囱，天上的神仙在生火做饭呀！”

在那星空下，父亲也喜欢讲大道理，他说：

“走错路的小孩子，不要紧，就像那歪柳树，要是在它很小的时候，时时摇一摇，它自然就长得笔直了！”

在那星空下，父亲也哭，当他讲到我那祖父的时候，他说：

“以前算命的给我算过命，说，老二要比老大强，老三是个三霸王，那时，我的老子还活着。后来，我还没到十岁，我那老子就死了。一下子就变得，没人管，也没人疼。”

父亲在说这些事的时候，他还年轻，那时，他头发长长的，我呢，头发短短的。那时，我总是听不够，望着那满天星斗，想着父亲讲的歪柳树，爬到他怀里，嚷着让他讲故事。

……

也不知过了多久，记得还是在一个出满星星的晚上，我和父亲正在乘凉，忽然，头发灰白的父亲望着那满天星，告诉头发长长的我：他小时候，在这星空下，一群孩子在一起，最喜欢比谁的嘴说得快。

父亲边说，边背着他儿时的斗嘴话：

“梭星，勺星，黄河里水平星，一口气，哪能说七遍，叨唠腰不疼。梭星，勺星，……”

那时，我十七八岁吧，望着那满天的星斗，有许多只属于自己的心事。

使我诧异的是，那夜，父亲竟然像小孩子似的，把这话说了一遍又一遍。

当他“叨唠”第五遍的时候，我打断了他，觉得他太孩子气，觉得他不懂儿子的内心。

父亲有些窘了，接着他又笑了，指着那满星的天空，说：

“我老子们常说，这黄河里水平星，小星水倒给大星，为何大星盛不了？你说一说？”

我想了想，猜不出，把脸转向另一边，不看他。

父亲依旧挤着他的皱纹笑着，盯着我，用手指指着那星星，说：

“你看呀，这小星离我们远，看小实大，大星离我们近，看大实小。”

没等父亲说完，我夺过他手里的芭蕉扇，提着板凳，进了屋子。

我不知道，我的气为何而生，也不知道，我为何不听父亲说完。

屋子里静悄悄的，屋外也静悄悄的，在那星空下，我看见，有些驼背的父亲依旧坐在那里，望着那些“重影”的星空，想着他的心事。

一条草路

有一条草路，

这头是我家，那头是大姨家。

母亲走过，大姨也走过。

后来，大姨不来，母亲不去。

不知是不是冥冥中有什么牵引！也不知是不是受“他们俩，是连襟，一刀割不断的”这句话的感动，我不知为何走上那条西去的小路。

那条小路，大姨走过。

那年，我小小的，只记得，母亲把我抱着，天白白的，地白白的，满天的大雪，那天，大姨来了，一个人，用扁担挑来两个大竹篮子。后来，母亲告诉我，那竹篮，里面有米，里面有鸡蛋，是大姨走了一上午挑来的。只因那天她向大姨哭诉，家里没什么吃的了。

那条小路，母亲走过。

只是有一次，母亲回来就哭了！从她那，我知道，人死了，会变瘦的！

我去的那天，太阳正对着门，所以不曾再领略夕阳照着那往西小路的悲凉。说黄昏的悲凉，因这条小路再往西去，便是踏上了去大姨家的路。至今我仍记得儿时傍晚从大姨家回来，走到这条小路上见身后的大夕阳，那夕阳是那么的美丽，又是那么的使人忧伤。那天，我抬头看着天上的白云，想着这些记忆，摸着小路旁草里的石头，幻想着大姨在那上面歇过脚。唉，究竟我走过这条小路多少次，已记不清了。只是使自己想到便落泪的是，母亲从大姨故去就再也没走过。儿时，母亲还会惦记着大姨的坟，我问起大姨时，她便哭。为此她得过大病，或许是大姨对命运神恳求过，母亲无恙地活下来了。仿佛又是大姨托梦过，母亲从那后就从未在嘴上说起过大姨，连大姨埋葬的日子也不再提及。

仿佛是四年前了，也是在如今这冬天的季节，也是霜打枯草的时候，正月里舅舅家的哥哥同我去接姨姐来玩，我踏上了那条小路，望着沿路小沟里结满了冰，冰上被孩子扔满了砖块，觉得好笑。等到大姨家，我才明白母亲嘴里说的家少了个人是何样的处境。姨夫对我的到来似乎没有什么快乐的意思，也未露出招待我们的表情，指教出姨姐的去处，依旧倚在墙根看他的闲书。岁月命运无情的玩笑把那时的他打倒，使他丧失了摆脱困苦的挣扎，及其对希望的渴求。我望着姨夫身后的屋子，想寻到大姨活过的一点痕迹，但只有秃树上的一点残雪依旧年的时令到来，别的什么都没有。我未流出泪地哭了，心里想：命运啊，你是那么的狠心，你为何不能给我那大姨一个寻常人所持有的时日呢?

晚九点半，一个人出去走走，借着灯光瞧见路边草里有星点，该是下霜的缘故吧。不知那条西去小路两旁的枯草是不是也结了霜了？我那大姨呢，现在赶着夜路么？唉，多少年变迁掉了。面对抓不住的岁月，我是多么急迫地想，有一天，携着我的母亲去见她那可怜的亲姐姐，重走那条草路啊。愿您安稳，我的大姨。

写给女儿的日记

（以下这几则日记，是2014年11月左右写给我刚出生的女儿的，因自己格外珍惜，所以写完后一直叠好放在口袋里。不想人事纷乱，自己近来又很是忘事，渐渐地把日记抛到脑后了。忽的一天，自己从刚穿的衣服里摸出一团纸，才又想起这几则日记，无奈纸团经水，揉成了团，好不容易拼凑完成，但许多处已难以辨认。）

一

苒苒：

……

苒苒，虽然岁月流逝，人事无常，但你的出生让爸爸想到许多儿时的事物：

站在电线杆上的麻雀，随风摇摆的芦苇，潺潺细细的小溪，老人用棒黍杆做的院门，大树林里零落着的小坟堆，家门前大栗子树落下的毛毛虫，系在岸边、插着竹竿的破轮船，废旧的大醋缸里的小蝌蚪，失了伴正咯咯哒的大母鸡，清晨红瓦顶上盘旋的鸽子，傍晚在人顶上打转的蝙蝠，河面下划着小脚的鸭子，岸上打盹的小白鹅，学校墙头上的爬山虎，缠在废弃扫帚上的牵牛花，院墙下摞着的断砖块，河泥里缠牵的甜草根，白色绣球花上的黄蝴蝶，梧桐树根旁的蚂蚁窝，被砖窑大烟囱点着的火烧云，插在桌腿熏蚊的老香蒲，妈妈套在手指上的铁顶针，生锈铁盒里的小弹珠，春天溪边的一朵小黄花，夏天歪柳树下酣眠的老头，秋天南飞的大雁，冬天结了冻的小河含住的大石块，明月下互踩别人的影子，下点雨去挖知了的洞穴，夕阳下爬老奶奶摞起的谷草堆，河堤上追天上最闪的星星，雪融时，听屋檐下急促的嘀嗒声，杨花开时，听瓦缝里小鸟的踩脚声，麦熟时，听布谷鸟催了一遍又一遍的报熟声，黄叶落尽时，听两边路上拉炭球的驴的嘶鸣声。

……

二

苒苒：

天冷了，钻怀的冬风不禁让人感叹“又过了一年”。在这一年里，爸爸在冰冷的人事中找到了一丝温暖，先是从那又窄又寒冷的出租屋里搬离，接着与你妈妈结婚，再看着你在妈妈的肚子里伸个小拳头，打个小太极。可以说人一生中的最重要事在这一年完成了一大半。

爸爸仍还记得你的第一声关于生命的呼喊，爸爸抱着裹着棉被的你，心里有道不明的感觉。爸爸也才明白哺养一个孩子是多么不容易。先是你未出生时，妈妈整天像个袋鼠，接着是“吃奶、哭泣、换尿布”，这种重复且让人不得入眠的事，又让你妈妈发了不少脾气，但每当夜深，望着笑脸入眠的你，爸爸真的在想，闺女，你什么时候自己会走路？什么时候能让爸爸扛在肩上？什么时候上幼儿园？什么时候上大学？什么时候成家？爸爸真的不敢想未来的事，因为许多事要在二十年后，而那时，爸爸真不知道自己会变成什么样子。爸爸不敢想，真的！因为爸爸就是让自己的成长蹉跎了你爷爷奶奶的岁月，磨去了他们的年轮！

三

苒苒：

爸爸真的要感激你，感激你选择了这个一事无成的父亲。爸爸要你知道，你是爸爸的希望。因为爸爸即便离开这个人世，也会因为有你的存在而得以永存。

四

苒苒：

近来，你在不经意间会做几个动作了，会把小手放到嘴里，会发出听不懂但响亮短促的声音了，爸爸这才明白，为什么你的爷爷奶奶受尽了人世的痛苦，只把欢乐留给你的爸爸。终于明白，看到自己的孩子微笑着活在人世上，这是多么幸福的事。

所以，苒苒，当你长大的时候，爸爸不愿你去为人世的不平烦扰，只愿你能拿上一只画笔，能把人世上的美好画下来。当你觉得自己渺小的时候，你就去画：冬晨霜染白了的绣球花，秋天夕阳斜照下的芦苇花，夏天里被叫醒了的葫芦花，春天漫天飘飞的柳絮花，老牛嘴里的甜草根，老头嘴里的老旱烟，小溪边追逐的白鹅，天上归家的大雁……

苒苒，爸爸还想让你去学二胡，可以去拉这世上最动听的歌：当冬夜来临的时候，你会听到囱烟下鸡圈里咕咕的声响，春雨来到的时候，你会听到房瓦下那阵阵鸟雀发出的声响。

苒苒，爸爸已经张开双臂时刻去拥抱那个长大的你了，已经迫不及待地，想让你从自私、冷漠、孤单的人世里寻出温暖了！

五

苒苒：

你现在快两个月了，每天望着你一会儿哭，一会儿闹，一会儿笑，一会儿睡，可是爸爸徒于奔命，倒忽然觉得做爸爸是寻常的事，没了别人嘴里的激动与快乐。

苒苒，爸爸也曾想，是不是等闺女长大了，爸爸就会对你牵肠挂肚了。现在，爸爸明白自己错了。就像昨夜，因为妈妈感冒，轮到爸爸搂你在怀里，而你又能踏实地闭上眼睡觉时，爸爸简直幸福极了，听着你那属于婴儿的鼾声，望着你举起的小手，抚摸你那柔嫩的胳臂。爸爸这才明白，这样的夜，如果不是奔命后的困乏，爸爸真想就这样一直望着你，搂着你。

还有，当中午阳光爬进窗户，爸爸教你念“a”“o”“e”，每当你的嘴里忽然能发出相似而短促的“啊”声时，爸爸心中也有说不出的高兴与快乐。

苒苒，爸爸这些爱，你现在还不能知道，或许你永远也不会知道吧，就如，当你大了，相信爸爸也不能搂着你入梦了，可能亲你一下也要有一番勇气吧，真想看你长成大人是什么样子呀！可是，苒苒，爸爸又是多么不情愿呀！

六

苒苒：

近来爸爸脾气不好，因为周围的人总是会说一些冷言凉语，加上今天爸爸正在五楼的走道上看风景，突然一个人从身后推了爸爸一下。这一举动，着实让爸爸吓了一跳，让爸爸想起了小时候。

小时候，爸爸每天上小学都会经过一座没有栏杆的土桥，每天从那个土桥上经过，小伙伴都会从爸爸的身后来吓唬爸爸，以至于爸爸每次过那土桥时，都会因害怕被人推下桥而事先跑过去。然后看小伙伴在桥上叠纸船，爸爸在桥的对面看，不敢上那土桥上去。

苒苒，在这个世界上，爸爸不敢相信任何人，爸爸觉得人没什么可信的，因为爸爸觉得人都有要杀死人的一面，只要触及人的敏感处，要人命是完全可能发生的。所以，苒苒，爸爸希望你长大以后能在内心设置一堵使你冷静的墙。

上坟

还有一天就是清明了，老家的狗知道它的旧主人回来了，即便年迈了，也显得很欢腾，尾巴扫到桃树上，抖落了一阵桃花。母亲穿着的衣服沾上了田地里的泥土，见我来，艰难地撑起腿，直起身子来，放下了锄头，迎我进屋。父亲早些时辰上街去了，因为我傍晚时分还要回省城的缘故，为怕耽搁了我的时间，他先去买上坟用的纸钱去了。

老屋未有什么变化，但外墙因经不住风雨，有些地方已裂了缝，红砖头也有些剥落。院子里的小花坛也不知何故坏了一角，散着一堆碎砖块。在这坏的花坛角的旁边放着父亲刚换下的衣服，堆在一起，上面沾满了泥，靠近能闻到一股粪肥的味道。衣服放得杂乱，显得人走得很匆忙。

母亲在锅屋擀面条，不知那面是她何时和的，唤我。我走进去，在靠烧锅灶边坐着，母亲一脸愁容，我问她：

“妈，有什么事么？”

她说：“你妹妹，她怀了一个月了，可今天早晨她告诉我，她还是觉得心口疼，都疼了半个月了。我让她去查一查，可她总怕对肚子里的孩子有影响……”

正说着，父亲伴随着一阵老狗的叫声走了进来，他手里提着从街上刚买来的豆腐和猪血料，一阵寒暄后，父亲拿着板凳坐在我旁边。我从怀里掏了两根烟，给父亲点上，我也点上。父亲握着我的手，忽地说：“上几天，你爷家的大哥问我，你老太（曾祖父母）的坟在哪？我说那地方只我和你二爷知道，你二爷又常年在外，不回来。我就对你大哥说，以后就在那立个碑，你们清明就不要去了。这是我的打算，但要花一笔钱。”父亲说起时，头仰着，显得很自豪的样子，因为他要为祖宗做点事。但脸上的皱纹显出的疲倦，以及开裂的指甲告诉我，他和母亲又是从早晨到现在都没吃饭。

我和父亲是下傍晚的时候去上坟的，他扛着把铲子，我提着父亲从街上买回来的纸钱。其实，那曾祖父母的坟，我也知道在哪的，因为前年，我与父亲就曾去过。还是那条窄窄的路，然后穿过一片白杨树林，走过无人耕种的荒草地，就到了坟地。

到了坟地，父亲用铲子将坟上的荒草砍去，又铲了些新土撒在坟身上，接着挖三块土做坟头。父亲用铲子端着坟头，笑着说：

“坟里埋着我那个爹爹，就是你的老太，有两个老婆，我有两个奶奶。你老太那时在这儿很威风，他是地主家的长工，地主家的大小事都经他的手。”

添上坟头，我随父亲在坟边烧纸钱，父亲点着纸衣，说：

“爹爹，奶奶，换季了，给你们烧件衣服。”

我将那些纸钱拆开，也放在火上烧，父亲找来树枝拨弄那些纸钱，不让那些纸钱熄灭。望着那火，我问父亲：

“爸，老太睡的方位是什么？”

这是我无意问的，可我从父亲的回答听出，他像是要把这儿的一切都告诉我似的。他先用树枝拨弄那剩下的灰烬，接着用铲子把那些灰烬掩埋，我跪下磕了四个头，父亲也磕了头，他说：“你老太的头枕在东边，因为头要枕高。”边说着，父亲用手指着东边说，“东边起先有个大堤，地势很高。”

父亲说完，站起身，因为坟地挨着大河，父亲拉着我到河岸边，说：

“儿子，你就记住这条河就行了。可我觉得有一条不好，就是你老太的坟正冲着河流的方向。你以后一个人来，除了河还有这两棵白杨树，你要记得，就能找到你老太的坟。按理说，还是好找的。”

这本是父亲最详细的回答了，可从父亲的话音里，望着白杨那细细的叶子，望着父亲一道道皱纹的脸，以及他略显佝偻的背，我仿佛听出了另一种意味。低头再看那些青草，没有一处不是长在枯枝败叶之上。望着那些属于冬日记忆里的枝叶，我仿佛真要抓不住什么似的。我在心里想道：

“父亲，你是不是在暗示我，你如果不在了，好让你儿子记得这儿，让我以后清明一个人来。爸，我的父亲，我听不见你说的那些好记的方位，我不要你有这样想法，这儿的坟太多，你儿子我记不住。父亲，明年，后年……我还随你来，你扛着铲子，我提着纸钱。”

父亲见我未说话，又说：

“你看河对岸的两株大歪柳树，正对着这座坟。”

我听到父亲的话，在心里念道：

“够了，爸，我记不住的，河太宽了，我望不见那两株大歪柳树，以后还是你来，带着我。”

从坟地里出来，父亲扛着铲子，将沿路的荒草踩倒，又说：

“其实这儿真的很好记。”

我仍不说话，提着还要给祖父母烧去的纸钱，走在父亲踩出的路上，望着父亲的背影，念道：

“父亲，你真的别再暗示了。我真记不得这儿。你会长命百岁的，你又不是不知道你的儿子，他连外强中干都算不上。没有你，你儿子都不知道将脆弱的心安放到哪里！”

顺着那条窄窄的路向西，再走上几袋烟的工夫，便会到我祖父母的坟地。望着路边开小紫花的草，被父亲铲到一边的树枝，以及在那冬日里枯败还未成泥的草。我的心乱极了。

祭拜祖父母的坟，照样是父亲从地里挖两块土，我把那土端在坟上做坟头，父亲照样是边烧纸钱，边念道：

“我大，我妈，换季了，给你们烧件衣服。我大，我妈，这是儿子、孙子、孙女给你们烧的纸钱。”

念道完，父亲若有所想，然后对我说：

“儿子，富，富不过三代；穷，穷不过三代。你妈妈总埋怨我，未为你多挣些钱。你爸年轻的时候也拼过，可你爸还是穷了一辈子……”

听了父亲的话，我搂着父亲的肩，说：

“爸，过去的总有它那样过去的道理。假如，你挣到钱了，说不定，现在你儿子还未成家，说不定，他还是个忘宗骂祖的货色。现在不是很好么？”

听了这话，父亲微微笑了，显出颇有玩味人生的样子。我望着父亲，想着他这大半生为家挣命，可命运让他落得如今把他所有的快乐都寄予在儿子身上。我想，我说这话，可能就是想让父亲这一苦命的人为他的苦命得到一种释怀吧。父亲呢，自然会从儿子的这话里得到些安慰吧。因为，生活挫磨了他，他这一辈子让人看不起，可他还有儿子，他儿子会好，会发财，会有出息。想到这，我仿佛也有了父亲想为老太立碑的那种自豪感。

给祖父母磕完头，我顺着直起身子的方向，抬头望了望西边的天。阴沉沉的天空下，亮着一点点微红的光。

亏 欠

旧年乡下的商店，大多是一个窗户，在土房子的一面靠路的土墙上开的一个窗户。窗户不大，可趴上两三个人。也没有什么招牌，有的只是个窗户，有的用一头在火里烧过的树枝在窗户一边写“商店”二字。

在无数个童年漆黑的夜晚，我同父亲一道路过那个窗户，父亲一手叼着烟，一手牵着我的手，在那时漆黑的夜里，那商店的小窗户格外的亮，亮到地上有一枚别人遗落的酸梅子都看得清。我要拾起来吃，父亲拉住我，说：“脏！”

我听从了父亲的话，可没走几步，我挣开父亲的手，说：“我鞋带子松了。”

父亲抽了一口烟在前面走着，我跑了回去，低着头，寻那枚酸梅子。

那酸梅子的滋味，我至今仍能在嘴里被唤起。

吃完梅子的肉，狠砸几下梅子的核，待快追到父亲的时候，轻轻地把核吐掉。然后又牵上父亲的手，但此时，我不再欢快地望着父亲那时消时亮的烟，而是想：父亲，为何别人家的小孩能吃一袋袋的酸梅子，而我不能？

待我长到十几岁的时候，我终于想到了原因：父亲！你太懒惰了！比如夏天太阳烤人的时候，你该像母亲一样，安静地戴着凉帽在田地里锄草，等到日落了西山，暮色下的暖风吹干了你衣服的时候，你再回家。而不是，中午的时候，你非要回家吃个饭，冲我发一顿牢骚，睡个午觉，然后，狗儿的叫声把你唤醒，你再询问母亲的去处。父亲，母亲她早已戴上凉帽去田地里了！

依据这个原因，我曾好几次在心里想道：父亲，你常说，你为我受了许多苦。可你与母亲比起来，你做了什么！母亲受了那么多罪，她说了什么！抱怨过什么！父亲，你要觉得你是在为我受了苦，我会还给你的。长大后，把你这么些年的账算一算，几倍地还给你！父亲，我要让你明白，你对儿子做得不够，我以后做父亲，我要让儿子天天吃上一袋袋的酸梅子！

从那以后，虽我嘴上不说，虽我知道这样想不对，但在内心深处，我仿佛时刻提醒自己，要还账，一分不少地还给他！

……

就在一年前，在农历九月里一个月亮朗照的深夜，妻子肚子里的小家伙将要出来，我送妻子去医院，在路上拨通了还在老家的父母的电话。

县城的医院走廊的风格外的大，窗户关上了，风还是大。在等待之后，医生把裹在小被子里的小家伙抱给了我。当我接过那小家伙的时候，我望了望她，我知道，我的父亲生涯开始了。

大约过了几分钟，父亲带着母亲来了，他穿着经年穿不烂的旧衣衫，虽然我知道那是他最好的衣服。我把怀里的小家伙递给父亲，在交递之中，我碰到了父亲这一路被风吹得冰凉冰凉的手，再看一看他的面容，眼角的皱纹被淡淡的笑映得更深。走廊的风仍旧很大，伴随着小家伙的哭声，把窗户刮得呜呜地响。

孩子落地后，因我与妻子还有工作，于是，在这一年半里，母亲大多时间都住在我家，好照看孩子。我劝父亲也来住，他不来，说，家里还有地，他还能挣点钱。

还好，母亲星期六、星期日可以回家，因为妻子有星期天。但每次父亲来接母亲回老家，我都在工作，不在家。等我回到家，妻子带着生气的口吻说："我刚一到家，你爸妈就嚷着走，你妈说，家里有狗，有地。"有时，天会下点雨，听完妻子的话，我会匆忙跑下楼，楼下自然没有人，只剩下一条急匆匆的车辙印。

望着车辙印，我想：自小到大，我从未见过父亲做过饭，连切菜都没有过。真不知这一年半的时间，父亲在家是怎么吃饭的！这么想后，我不禁想到自己做了父亲后，妻子、孩子、家、路、挣钱，人开始过着周而复始的生活，真困乏极了。有时自己疲惫到一回到家便和衣躺到床上，妻子见到后，放下手里洗的衣服，说：

"叫你看孩子，你倒躺到床上了！能不能不要这么懒！"

听妻子的话，我心里一颤！这话，我以前曾那么说过！

前天，是星期天，母亲依例回老家。虽说是春末夏初，可下了一场大雨。大雨后，天格外的冰凉，人们都把秋衣穿了起来。在傍晚的时候，父亲骑车送母亲来。还未迎母亲进屋，母亲就说，身下冻得冰凉冰凉的。

进屋后，胡乱说了一些话，父亲便说，明天家里的地还要拾掇，要回家。每次父亲来，我都劝父亲留下来。不知怎的，只要他在我家里睡一夜，我的心便少了点亏欠。可父亲执意要走，我劝不住，望着父亲，我不禁打量了一番。他穿得很单薄，仿佛还是那件穿不烂的旧衣衫，裤脚上沾了些湿泥，他的头发很枯，虽是染过，但里面还是白了一片。

我送父亲出门，外面风很小，但刮在人身上很冰冷。我望了望父亲，很是心酸，我急忙跑回屋去，从屋里拿出我冬日里的小棉袄。

父亲自然是执意不要。我拗不过，于是，拿着小棉袄，说："爸，你穿上，你不穿，我就把小棉袄扔了。"

父亲没办法，只得穿了。因为棉袄太小，于是我把棉袄倒过来，穿在父亲的身前，好挡住他的肚子。

望着父亲远去的背影，看着棉袄的拉链和边角在父亲的背上舞动，我不禁眨了眨眼，西边的暮色虽已铺上来，但仍有些霞光，我不禁想：留父亲在家里过一夜；轻轻地握他的手；细细地抚摸他苍白的头发；还有现在目送他远去……这一个儿子所做的一切，与他的父亲所做的比起来，真是渺小啊。

当父亲的身影从我的眼里不见，进了暮色里之后，一个念想突然从我心头生起：一个儿子从他出生开始，他就永生地亏欠他的父亲。并且，这笔亏欠，是这个儿子永生无法偿尽的债！

牵　手

那儿时的我，你是否还记得？儿时你最爱牵父亲的手。因为牵父亲的手，你便可以去翻父亲的东西。父亲是个木匠，白天他总是随他师傅给人家打家具。到黄昏的时候，母亲在屋子里做饭，你总是算好了时间，边到门前玩耍边等候你的父亲。为此你看了不少夕阳的模样。等到家西的大路来了那个熟悉的身影的时候，你总是飞快地迎过去，然后，你的父亲一手提着盛满工具的木箱子，一手牵着你的手。

朋友，——那儿时的我，你是否还记得？夜黑后，父亲出门到那些赌钱场看人赌钱，你总是追过去，牵着他的手，看他吸那时亮时灭的烟。那时的夜很黑，但牵着父亲他的手，仿佛这世界都变得可爱，丝毫不怯人。记得好些次在黑夜同父亲在外面，比如夏夜去远处的小河里洗澡，同父亲待在水里，漆黑一片的天，却能闻到淡淡的水草香，可以听着虫鸣应和着潺潺的溪流声。你在水里牵着父亲的手，你知道，有父亲在身边，家就在不远的地方。

那儿时的我，我的朋友，你是否还记得？你多想让父亲牵着你的手到那田野里，因为到那里，你便可以挣开父亲的手，去捋青麦的穗子，搓出里面那些嫩嫩的麦籽来吃。因为到那里，你就可以听布谷叫，听青蛙叫，听大雁叫，听风吹枯草叫。

……

那时，我真快乐啊！因为我可以无忧无虑地牵着父亲的手，那双给我一个家的手。

只是，好像是长到十四五岁的时候，可能是随着年龄的增长，忽有一天，对于“牵着父亲的手”，我在心里产生了一点点羞愧。比如走在路上，父亲很自然地伸出来牵我的手。我呢，先是不自然地挣开，然后把双手插在口袋里。我知道，我这样做，父亲他好几次手都扑了空。可是，我仍要这么做，我想自己“大”了，不能给外人嘲笑了。

说到嘲笑，那时的我，不知何故，可能是身边发生的一切，让我渐渐地明白，风景里不仅仅有蓝天，也有破砖、烂瓦，以及父亲的身份。

父亲是个木匠，还挖过煤，当过泥瓦匠，也穿巷叫卖过东西，他没穿过光鲜的衣服，那身虽然整洁但很破旧的旧衣裳时刻穿在身上。

突然有一天，我记不起是哪一天，和父亲走在街上，我心中有了一种异样的感觉。我开始故意让父亲走在前面，自己故意停下脚步，让父亲走远一点。我望着他穿着破旧的衣服，看着他那弯弯的背，我仿佛在向路人证明，我，和离前面有些距离的那个人，没有一丝瓜葛。

父亲走在前面，他好几次回头叫我，让我快些走。可我却在心里埋怨，他这个父亲不明白儿子真正的所想。

……

现在想起这些，我真想问问那时的自己：你想让父亲明白什么？明白你是多么不想牵他的手？

就在两年前，我做了父亲，如今孩子近两岁了。她喜欢笑，喜欢跑，喜欢指着月亮告诉我月亮出来了。当然，更喜欢牵我的手。

我呢，牵着女儿的手，我迫不及待地想牵着她去看外面的世界，告诉她，夏夜里的满天星辰，同她去捉那飞舞的白蝴蝶，还有在雨后，教她如何在地上踩出一个一个脚印……

可忽然在某个清晨，我触动了！我想，现在我牵着女儿，如此急迫地想让她看清外面的世界。她会不会有一天明白了外面的一切，然后看到她父亲的落魄，想挣开我的手呢？

那天清晨，我痴痴地望着挣开我手的女儿，望着她快乐地跑着，痴了好久！

那天清晨，我下定决心，下次父亲来，我一定再次去牵他的手！

记得那是个阴沉了一天的傍晚，屋子的外面还是雾沉沉的，一切都像是大雨将至的样子。

父亲从乡下来，我出门去迎，望着地上有一个纸箱子。父亲的头发都濡湿了，有些雾水已凝成珠从他干皱的脸上滑落。我顺着他的衣服望着父亲的手，鼓足了勇气去牵。我的手刚握着他的手，父亲急忙挣开了，像我以前一样，他抱起地上装满鸡蛋的纸箱子进了屋。我站在原地，那刹那的触碰，我能感受的是被雾水打湿后的那份冰凉，以及经年的风刻雪划后的干枯。

望着父亲进屋的背影，我在他身后，站在屋前，张着那只留有触碰后冰凉的手，痴了好久！

依　靠

在哪个季节？我忘了，只模糊地记得树上有着密密的叶子，矮矮的土墙缝里有生出的青草，在那用泥和草砌成的土屋里，有一个老头盖着被子，躺在铺着稻草的地上，这个老头头朝门，小土门朝着南。

我打家那儿来，带着欢笑，任何一个上舅奶家的孩子都会带着笑，但我妈那时双腿跪在地上，把头扑在这个老头的被子上哭。忽地，这个老头说：

“孩子，不要趴在我身上哭！”

前天，进腊月不久，夜来得快，为了生计，每晚我至夜深才得以归家。打开门，屋里没有灯光，但通过窗外的光亮，我看见母亲那屋的门半掩着，我开了灯，推门进去，母亲正和衣坐在被子里，见我进来，先是很诧异，然后对我说：

“快去洗洗吧，回你那屋去吧，看你孩子睡了没。”

我没有听从母亲的话，因为我很难想象在我不知道的多少个晚上，母亲有多少次这么和衣坐在床上，等候那急促的脚步声，和“嘭”一下的撞门声。我不由得脱了鞋子，和衣进了被窝的另一头。当我的脚触碰到母亲脚的那一刻，我只想哭，仿佛人长大了，连和父母“通脚”都成了一种奢侈。

我很琐碎地和母亲说一些关于小时候的话，忽然我想到了我去见舅爹最后一面的场景，便问母亲：

“妈，舅爹是怎么死的？”

窗外的夜格外的黑，只有远处很高的灯光还亮着，母亲望了望我，心里忽想到了什么，说：

“噢，你问这个……那是你舅爹心疼你早死的大姨，看她害怕，怕她疼，于是在你大姨临死的那一个晚上，你舅爹让你大姨在他怀里睡了整整一夜，没到第二天，你大姨就没了。你大姨死了，没多久，你舅爹得了你大姨那病，就是那晚让你大姨过上的。不然，说不定，你舅爹现在还活着。”

从母亲那屋出来，我回自己的屋，轻轻地推开门，发现妻子和孩子都睡熟了。我怕惊扰她们，便寻了靠窗的桌子倚着。

透过窗帘的缝隙，我盯着那远处未灭的灯光看，我的心乱极了。我忽地想到了舅奶，想到了关于这个老人六年前的一幕：

那时，舅爹早已埋在了地里，舅奶到我家来过上几天，到了晚上，我坐在舅奶的旁边，不由自主地抓住舅奶的手看。舅奶的手很粗糙，皮一层一层地皱着，忽然，母亲从外面给舅奶打洗脚水进来，看见舅奶的手正紧紧地握着我的手，便大声地吆喝道：

“妈，不要碰孩子的手！”

舅奶听了这声吆喝，像是触了电，急忙挣开我的手。我望着舅奶的眼，当时，我实在不能理解母亲为何要吆喝，也不知道当时舅奶是何心境。但是，从那晚和母亲“通脚”开始，我一切都明白了。

母　亲

宋朝吴自牧的《梦粱录》里有这么一段记载：

唐孝女墓，在钱塘孝女南乡，故老相传。昔有唐媿娘，年十二三，母病，曾刲腹取肝，和粥以进母。母病愈而媿娘以疮破入风而死。里人葬于此，美其孝，故名曰唐孝女墓。

很多人读完，或许同我一样在想："刲腹取肝"？且不说这个做不到，就是说出母亲的好都要苦思苦想一番。

是的！

当我们困倦不堪的时候，别人倘若投以微笑，我们自然感动得热泪盈眶；

下雨天了，有一个路人能为我们撑起一把伞的时候，我们会不好意思地道以万声的谢意；

老朋友久别重逢了，我们能狠狠地拥抱，找一个地方喝点酒，聊一聊心事，说一说这些年的辛酸与快乐。

冬天下雪了！我们真高兴，对着天呼喊，跑向每一个哪怕是陌生人那里，告诉他们这一消息！

……

可对于我们那个母亲呢，当我们在前途上失挫的时候，她眉头紧锁，我们却习惯到平常，连我们父亲都说，“她总是那样！不用管她！”

当我们在外很久才回家的时候，她总是欢喜得要跳起来，老早地做了一桌子的菜，然后催着你使劲地吃！我们习惯到平常，总是说：“妈，你别总是这样！”

下雪了，她总会在我们出门的时候，手里拿着厚厚的棉衣，乞求我们把它穿上。我们总是习惯到平常，“说了，不穿！”

……

是的，习惯了！习惯到母亲做的一切都变得那么平常！习惯到我们从不在乎她是否有感受，甚至都忘记了母亲是否有自己的一番梦想！习惯到认为我们的梦想，就是她的梦想！

记得那年，我还是个在学堂读书的学生，在一个冬日的清晨，母亲刚洗过头，正坐在屋檐下的椅子上晒太阳。白杨树上的雪还未化干，我蹲在母亲的脚下，望着母亲的头发，问道：

“妈，你以前有过梦想吗？”

母亲笑了笑，她对我的问话感到不知所措，她有些窘，说：

“还没结婚的时候，你那死去的大姨叫我去学裁缝，我呢，自己不识字，就没去学！要说梦想啊，比不上你们这些小孩娃，这辈子怕也不会识得一个字了！”

这是我一生中第一次或许是唯一一次问母亲关于“她的梦想”！可我知道，识字，不是她真正的梦想！

我了解她！记得儿时有一回，我生了场大病，那次，她不停地用手打自己的脸，用拳头捶自己的额头。我和妹妹设法抱着她，可是没用。

那天夜里，借着桌子上的烛光，我看见母亲倚在床框上，不时地捶她的额头，流着泪向她心里的那个老天爷祈祷，祈祷老天爷把我和妹妹的灾都转到她身上。

这才是她的梦想！从我和妹妹出生开始，便有的梦想！我有时想，这些年过去了，我再没什么大灾大病，而母亲有过！我想，那本应该是我的大灾！我的大病！

现在，母亲老了！那个守护我们的人老了！真的老了！当她的头发由苍白色变成柔白色的时候，当她开始喜欢一个人默默流泪发呆的时候，当她变得胆小怕事的时候，

……

庆幸的是，母亲还在！

是的！只要母亲还在，每次夜深人静的时候，我们拖着疲惫的身子回家，就总会在远远的路口，看见家的方向里，有那么一个窗子，窗子里有一个人，彻夜为你亮着一盏灯！

父亲，您是一道谜

父亲啊，您是一道谜。
我十岁的时候，我猜您是“神”。
您在我床边，
风雨雷电，我都能安睡。

父亲啊，您是一道谜。
我二十岁的时候，
我说您是一个人，贫穷、普通、不知冷暖……

如今，我三十岁了，也做了父亲。
父亲啊，
您是一道谜，
苍白的头发，皱皱的侧脸，可爱的笑容……
父亲啊，
我不敢看您，
您也不要回头。

乡　愁

以前啊，
我以为，
乡愁是天南与海北。

后来，
我渐渐明白，
乡愁是，
你坐在树下，
我也坐在树下，
我们都看着天微笑。
我叫了你一声，
你也答应了一下，
可，不再说话。

孩子与母亲

以前，在满天星空下，我常想：
什么是恩情？什么是爱？

后来，我想明白了：

所谓“恩情”，
就是，小时候，母亲不爱吃这个，从不怕那个。
所谓“爱”，
就是，长大的那个小孩，不爱吃这个，不再怕那个。

第三辑 结伴而行的青春

人生是易老的，不知道在我们老的时候，是否还能像如今这般从容与彼此珍惜呢？

或许人生就是这般，不到老的时候，永不知道人生路是否走的对错，可一旦你老了，你人生路的对错又有什么可计较的呢！

我的初恋

姑娘，

或许你我曾遇见过，

不然我的心不会仍然被你的眼睛扰乱。

但姑娘，

你已死了，

或许我也死了，

因你在那处活着，我在这处活着，不再相见。

——《偶遇》

只要是人的故事，总是忧愁且使人伤感的。关于这个女子，或许她早嫁了人，正抱着孩子看着夕阳，又或许她已如同我得知的那几个童年伙伴早在一处躺下了。我怀念这个女子，可能是因在那段纯真童年存下的一点美好吧。或许我不该用“女子”这个字眼，因那时我才念小五。

这个小丫头因在霜草时节爱穿织着蝴蝶纹的毛衣，便得了个“花蝴蝶”这样的名字。至于她留有的模样，只有高高的眉毛，说话时爱耷拉上眼皮，还有一贯地和任何理她的人撒野了。至于撒野这一点，可能因在小丫头的眼里，没有男女之别，只有她这一边的人吧。

除模样模糊外，人事在变迁里被遗忘，留下的只有几个场景了。那时大约是嫩草出青的春末，我因她爱同别人撒野，在朦胧的心里产生心纠的感情，便不理她。那次，我正在折柳树条，身后被她捶了一下，见她跑到墙边躲着说：“你追我，你追我。”我吹着抽了柳茎的“吹叽子”，不理她。花蝴蝶便跑回来，在我胳膊上狠狠地掐了一下，说：“干吗不理我。”我被掐疼了。她见我气了，便跑。我追到了她，攥着她那至今仍留在手心细软感触的胳膊，望着她。她不瞧我，把脸仰在一边，撇嘴说：“你打，你打。”我放开了她，轻声地说：“你别跟旁人玩，他们会欺负你。”“他们不会，你会。”“我会？”我以为她为旁人说好话，甩开她的手，愤愤地走了。

以后碰见她，若她和小伙伴追逐，我便背过身，瞥着望她跑过去。若是对脸，她会欢喜着叫我，我不瞧她，仰着头，从她身边跑过。

最后见她，梧桐树上仍挂着可浇上油踢上天的毛球，孩子盼着叶茂起来，在手心玩掉下的一种叫“毛辣子”的虫子。那是一个惹人忧愁的黄昏，小孩子们皆排队回自己家去了。我背着书包等候一个小伙伴。这一次，花蝴蝶又是活泼地同人撒野，见我站在那，便望了望我。忽然，有小孩子逗她，拽她的头发，喊：“花蝴蝶，花蝴蝶。”记忆里那天，她穿上了那件织着花蝴蝶的毛衣，她捂着头，理着前额发的发卡，追那小孩子去摔跤。我已忘了那时的心境，可能是心存妒忌，便捡了个小石子，信手倚着粗梧桐朝她扔去，不想砸到她的后脑勺上了。她捂着头，要哭了，拾起那个小石子，骂开那小伙伴走到我面前，用那双大眼睛望我，说："你坏，你坏。"我望着她，她仍望我。不想，那小伙伴趁她不注意，又从后面揪她的头发。她手里抓着我扔她的小石子，追那小伙伴去了。我也就不理她，满心欢喜，托着小书包往墙外夕阳下的小桥跑去。

这一走，恍惚间，上了镇里的学堂。

后来，每当满垄田里的油菜花，沟边的小野花，儿时学堂的白绣球花都开了的时候，若有人在身后喊出，"花蝴蝶"，我会心惊的。

红　绳

她要到远方去了。

他送了她一根红绳，

他送不了别的。

他把红绳系在她的发尾上，

约在三年后的一座桥上。

……

三年后，她系着那条红绳，提个大包裹，——她要嫁给他。火车开得慢，在远方的半路翻了，——她死了。血染那红绳发紫。

……

到了晚上，他站在桥的这一头等。

桥上有个卖花姑娘，扎一个粗辫子，胳臂上挎着个花篮子。

当他看到桥的另一头来了一对男女的时候，这个卖花姑娘边追着那对男女，边说：

“给这位小姐买朵花吧！”

“给这位小姐买朵花吧！”

他把红绳解下，吻了吻，系在那卖花姑娘的手腕上。

爱

那时，她还编着小辫子。

小孩子放鞭，那是过年鞭，雪铺在河坡上。

有人把桥拦着，她哭了。

河坡上的小孩子见了，上来把拦路人打了。

拦路人喊道：

“她是你的小媳妇？”

后来，她梳了个嫁人的发髻。

小伙子放鞭，那是过桥鞭，花落在河坡上。

有人把桥拦着，她笑了。

河坡上的小伙子见了，上来同拦路人笑着，

因他不是她要嫁的小丈夫！

（一段朦胧的感觉，在人的一生，你若以结局算，那不算是爱，若以那时算，那已经是了。）

贾宝玉的小心思

《红楼梦》第三回，宝黛初会之时，宝玉问黛玉“是什么表字？”

这一情节，贾宝玉是有小心思的。

古人除了姓、名外，还有字、号。当然，古代男女都可以有“字”。只是，男子取字自由些，通常在成年之后，就可以由父亲取字。

但是，女子不一样。古人讲，“待字闺中”。指女子通常要在出嫁前，由父母或由婆家取字。取了字，有了字，表明自己已许配了人家。

《红楼梦》第三回，宝黛初会之时，

宝玉又道：“妹妹尊名是那两个字？”黛玉便说了名。宝玉又问表字。黛玉道：“无字。”宝玉笑道：“我送妹妹一个妙字，莫若‘颦颦’二字极妙。”

是有其用意的！

“寒塘渡鹤影”影射谁？

《红楼梦》第七十六回“凹晶馆联诗悲寂寞”，面对着“天上一轮皓月，池中一轮水月，上下争辉，如置身于晶宫鲛室之内”，林黛玉、史湘云在凹晶馆联诗，忽然，

湘云方欲联时，黛玉指池中黑影与湘云看道：“你看那河里怎么像个人在黑影里去了。敢是个鬼罢？”湘云笑道：“可是又见鬼了。我是不怕鬼的，等我打他一下。”因弯腰拾了一块小石片向那池中打去，只听打得水响，一个大圆圈将月影荡散复聚者几次。只听那黑影里戛然一声，却飞起一个白鹤来，直往藕香榭去了。黛玉笑道：“原来是他。猛然想不到，反吓了一跳。”

这一情节，与苏轼《后赤壁赋》有异曲同工之妙。苏轼在“十月之望”，在“人影在地，仰见明月”“月白风清”之时，登上“山高月小”的赤鼻矶，因山上大静而发大悲，又因大悲而发大恐，故“反而登舟”。

苏轼把船“放乎中流”，纵其所如之后，“时夜将半，四顾寂寥。适

有孤鹤，横江东来。翅如车轮，玄裳缟衣，戛然长鸣，掠予舟而西也”。当夜，苏轼梦见一个道士，同孤鹤“玄裳缟衣”一样的装扮，苏轼知道，道士即是那个白鹤。

《红楼梦》巧用这个典故，影射谁呢？

不难发现，《红楼梦》第七十六回提及了一个地方：藕香榭。

这回目一开始，林黛玉、史湘云“二人便同下了山坡。只一转弯，就是池沿，沿上一带竹栏相接，直通着那边藕香榭的路径”。

等出现了“白鹤”的黑影，出现了一句话：“只听那黑影里戛然一声，却飞起一个白鹤来，直往藕香榭去了。”

藕香榭！藕香榭？该归属于谁呢？是惜春！

连林黛玉也说，“原来是他。猛然想不到”。这是一句谶语，为下文惜春入道伴佛埋伏线。

所以，“寒塘渡鹤影”的白鹤，说的是惜春！

当然，我们也不免看出，林黛玉的这句感叹，与苏轼的感叹相似，慕仙之余带着叹息。

那我们免不了去想，为何曹雪芹要用这个典故呢？

这跟古代文人对庄子的推崇有关。苏轼是这样，曹雪芹也是这样。

且看《庄子·内篇·人世间》有这么一段话：

匠石之齐，至于曲辕，见栎社树。其大蔽数千牛，絜之百围，其高临山，十仞而后有枝，其可以为舟者旁十数。观者如市，匠伯不顾，遂行不辍。弟子厌观之，走及匠石，曰：“自吾执斧斤以随夫子，未尝见材如此其美也。先生不肯视，行不辍，何邪？”曰：“已矣，勿言之矣！散木也，以为舟则沈，以为棺椁则速腐，以为器则速毁，以为门户则液樠，以为柱则蠹。是不材之木也，无所可用，故能若是之寿。”

在这一段话里，栎社树能存活在世上，长成“蔽数千牛，絜之百围”的模样，竟然是因为其“无用”！

“无用”便无人砍！所以，才能长得又大又高！相反，“有用”的树呢，自然早早地都被人砍去了。

这便是“无用之材”！对社会标榜的价值而言，是“无用”，而对自己，却是“有用”。这多少像贾宝玉，“天下无能第一”。

这，又让人记起《红楼梦》“无材可去补苍天，枉入红尘若许年”的第一回了。第一回说，

原来女娲氏炼石补天之时，于大荒山无稽崖炼成高经十二丈，方经二十四丈顽石三万六千五百零一块。娲皇氏只用了三万六千五百块，只单单的剩了一块未用，便弃在此山青埂峰下。谁知此石自经煅炼之后，灵性已通，因见众石俱得补天，独自己无材不堪入选，遂自怨自叹，日夜悲号惭愧。

这石头固然便是“无用之材”。可“无用之材”真的不好吗？这是贾宝玉穷其一生探究的一个问题。

或者说，《红楼梦》第一回里这一段，是贾宝玉探究“无用之材”的开始，或者说是曹雪芹探究“无用之材”的开始。

那至于贾宝玉何时不“自怨自叹，日夜悲号惭愧”，何时真正区别开“无用”“有用”？那就要等贾宝玉自己游历人间之后所悟了。

当然，到“寒塘渡鹤影”这个时候的贾宝玉，曹雪芹的化身，已顿悟得太多了吧！这个时候的贾宝玉，或许明白了，“有用之材”去补天的石头都不叫“顽石”了。因为石头的本体都死去了，而“无用之材”的那块石头却还是石头。这个道理，与《庄子》所传达的道理相似，“巧者劳而智者忧，无能者无所求”。

自然，那个慕道的苏轼，自然也是了悟的。

这，或许才是《红楼梦》所探索的哲学观。

当然,《红楼梦》包容太多。至于其他，如“玉在山而草木润,渊生珠而涯不枯”“石韫玉而山辉，水怀珠而川媚”，与《红楼梦》有没有关系，那就由他人解释吧!

闲话之情书

我看过的“闲话”不少，有的写蚊子、苍蝇的，有的写雨的，写树的，有的写花鸟虫鱼的……但，关于写“情书”闲话的，好像看过的很少。不知道前人有没有写过，但我想，这个时代是没人写过的。

可能写情书要发诸深腑，做于感性。理性的人看情书，有的会发嘲笑之念，有的会生悟叹之触，大多是局外人的心境。但写情书的人则不然，因为既然要写情书，非开皮剖心是不可的，所以，情书大多小气，不登大雅之所。

所以，可想而知，倘若有人把情书细细看看，然后把情书分个类，那我觉得这人是闲到透顶的。而我就是这样的人。

情书若分类的话，可分以下几类：

一、有浓情、厚感的。

如：

今晚的秋风，一定知道我的心思，不然它为何将满树的叶子吹落。那飘落的叶子，也一定知道我的心思吧，愿它今夜能飘进我那心上人的梦乡，告诉她，关于我这片真心与真意。

还如：

总是狠心地说要走，可是，当夜晚我一个人踏着落叶，听到沙沙的声响，我才发现，自己最渴望走入的前方，那里，原是你的心房。

还如：

我渴望你爱我，像疯子一样爱我。因为，我知道，我已像疯子似的爱上你，虽然我不说。我渴望你念我，像孩子一般念我，因为我知道，我已像孩子似的念着你，虽然我不说。真的，我渴望着，渴望着你永远把我作为这一生的依靠，受了伤能跑到我怀里哭泣，开心时能跳到我心上欢笑。在你面前，我丢了伪装，我想，在这世上再没有人能使我这样的快乐与忧伤了。

还如：

别再漂泊了，小傻子。我，不愿做你的渡口，你若愿意，我们安置一个家，做你的归宿。

还如：

近来自己觉得幸福多了，发觉这个世界也突然变得美好多了。因为命运真的很奇妙，不是么？两个世界的人，两颗不曾相识的心，就这么走到一起了，每次想到这个，我总觉得以前所有的无奈、坎坷，都是值得的。如今，在那些看不见你的时候，象征着孤寂的事物又开始轻易走近我的心里了。

二、有淡然含蓄的。

如：

虽然很多不舒心的忧愁没有消失，但最近真的感慨少多了。跟你在一起，寂寞、伤感正在渐渐离我而去。我很感激你。

还如：

遇到你之前，生活让我学会忍受；遇到你之后，你让我知道，生活可以在承受里感受，感受我不孤独，感受你的存在与微笑。

还如：

晚上做了一个梦，醒来忘了，但确定是关于你，而且醒来心很酸。

还如：

我很喜欢听我和你走的脚步声，但听不见。等下场雪吧，我想和你一起在雪地里走，只是走，听我最喜欢的、我们的踩雪声。

还如：

从你向我打开心扉那天起，我的眼里便住着了“想到就会心揪的那么一个你”。

三、有看似无理，却情在其中的。

如：

有了你，我再也不去看那被月光拉长的影子。因为顾影自怜，只属于那些心灵找不到归宿的人。

还如：

我愿意着我的愿意，执着着我的执着。

还如：

无论未来经受何种不知数，至少还拥有你。我不会挥霍的，正如我说过的：不要挥霍你现在所拥有的，失去它，你将像以前一样一无所有。我很富有，因为有你。

还如：

有一座桥，你我站在上面，你不先走，我绝不离开。

还如：

我说我看过夕阳的影子，

她笑我傻，说那是你自己的影子？

是这样吗？

还如：

看到你欢喜，我真想把风装起来，想把雨装起来，把大地和蓝天也装起来……

四、有带着说理的。

如：

愿岁月只改变我们的容貌，永不要带走我们的誓言……

还如：

你现在该睡着了吧？现在我一个人在这安静的夜里，想到夕阳，归来的鸟儿，还有黑黑的夜……再想到你，我突然又有了莫名的感伤。人生是易老的，不知道在我们老的时候，是否还能像如今这般从容与彼此珍惜呢？或许人生就是这般，不到老的时候，永不知道人生路是否走的对错，可一旦你老了，你人生路的对错又有什么可计较的呢！

还如：

我记得那些风景，以及只有我们两人走过的路，那些都住在了心里，随着风铃声，走了一遍又一遍。

还如：

当我和你走在一起的时候，我觉得路过的一切，都是虚无的，觉得它们只是没有生命的风景。在这世上，你，是只属于我一个人的港湾，那里安放着我那最易碎的灵魂。遇到痛楚，我只愿埋在你的怀里，紧挨着我安放灵魂的地方哭泣。请你不要说我脆弱，因为别人都说我坚强！除非哪天，你不想倾听我的脆弱、我想抽走我的灵魂！

五、有叙事的。

如：

看，

风吹过去了！

云也飘过去了！

夕阳也下去了！

……

我还在昨天那个地方等你！

还如：

你不在这，窗外成了我的风景，——可我竟能闻到空气里你轻微的气息。

还如：

她在楼下看天，

我在楼上看花。

我以为我把她看个真切，

原来是她把我望个彻底！

六、有因情生恨的。

如：

有人问我，

狗屁有没有重量！是大个的？还是小个的？

我说：

你是在问爱情吧！

还如：

不是阳光照不到你的心脏，

而是你穿着那身皮囊！

七、有与情无关，卖弄文采的。

这简直像学院派的情书。

如：

我喜欢读诗。倘若你也是的话，那我便告诉你，杜甫的律诗中的“颔联”多用壮阔之句。宝琴也受此影响。你在读诗的时候要多加注意。

以上这几点，纯属无聊所想。倘若用一句话结束这关于情书的闲话，那便只有《红楼梦》里的“开辟鸿蒙，谁为情种”，无疑了！

看

看云，云里有个你；
看水，水里有个你；
看人，总有个像你！

一个缘故

有一个缘故，
连那个贫瘠不堪的地方，
也突然变得亲切。

那，只是因为有一天听说，
你曾从那走过。

误　会

你把那个字写在纸上，
我把那个字刻在心上。

蝴蝶为了花飞过千山万水，

花只把自己开在白云飘过的地方。

就这样

我的脚，
挨着你的脚面；
我的手，
挨着你的手面……
就这样！

望

在夏风的夕阳下，
我痴痴地望着你，
你痴痴地望着他。
他是你的所恋，
你是我的锁链！

她的黑裙子

桃花开了，又落下。

这是我央求你：“爱上我吧，趁我还有红鲜鲜的脸！”

你若不愿意，
那便请记住我这身裙子，
多年后，我将永不再穿起。

苦 恼

你是我的锁链！
失去你，
我本将重获自由。
可为何会如此悲伤！

写那些“不用说话”

不用说话，
因为我知道你眼睛里有什么！
不用说话，
因为我明白你低下头是何缘故！
不用说话，
因为我已猜出你为何背过身去！

不用说话，
这一程过去，

下一程永不相见！

心　绪

我往河里，
投了，
一颗石子；
我在心里，
泛起，
一阵涟漪。

匆　匆

绣球花又开了，
我以为，
到那底下就能见到你。
如今，
我又来了，
只不见你的踪影！

风

起风了！
我以为风会带来你的消息。
可除了衣角在动，
什么都没有！

领　悟

所谓婚姻，
就是你融入了另一个家的喜怒哀乐！

盼　望

那天，
燕子从屋檐下被你惊起，
飞进了雨帘里。
你痴痴地撑着伞，担忧地望着。

……

现在，雨又要下起，
只是还不见你来。

回　声

我在小河的岸旁，
掐下荷叶做成喇叭，
高喊：“你会流浪到这么？”
……
你说你会来。
……
只因这句话，
我便把心尘封为渡口，
只为你一个人的漂泊、停留。

爱　念

这是个坏东西。
她越近你梦到的样子，
你念的越深。
她若远离，
你的心便痛苦。

第四辑

乡愁里的人

顺着他的眼，我也望了一眼天空，天空中飞过一只鸟，我忽然想：人与鸟相比，最可悲的地方是，鸟儿长大了，天空是它的家，而人长大了，天空成了他遥不可及的地方。

小学旧事

又缠又绵的丝雨自冬至已下了三日了，心情自然是忧闷的，每每经历这种雨，我总会想起那儿时的老屋。在那老屋里，昏暗的煤油灯焰被透窗的风吹得瑟瑟抖动，我正拿着剪刀候那渐燃渐黑的灯芯，百无聊赖地望着母亲。母亲坐在桌角，正在为我钉本子。

旧年的商店是有卖本子的，但我买不起。父亲有回去县城，从县城带回一卷大片的白纸。母亲接到这白纸以后，到了晚上，她便用剪刀小心翼翼地把白纸裁成一小片一小片的样子，然后用粗针、粗线装订起来。这便是我小学读书时用的本子。自然我会很爱惜，从母亲手里接过本子后，我会用剪刀对边角进行修修剪剪，然后将那商店卖的本子的封面拓描下来，涂上色。

有了本子后，自然要写作业。记忆里最深的写字之处是在石磨上。

石磨是过路的匠人打的，底下是鸡圈，周遭让早起推磨的母亲踩成鲜正的圈。在那上面写作业，有时傍晚在夏夜未出星星的时候，头顶会盘旋着蝙蝠，有时在残阳落下墙头的时候，西北风吹得让你直跺脚。

可谈及学业，算术照样是不精的。虽然也听从了学堂里老师的话，回家叫母亲给我串了“棒棒梃”。这“棒棒梃”是家乡的叫法，即：从家前丛着的棒秸稍掐下几根，接着用剪刀绞成一小节一小节，最后用粗线把这些“棒棒梃”串起来，用以数数。说白了，跟串薏苡、念珠是一个理。

学业不精，作业写不完，自然白天是少不了挨打的。所以每天清晨，除了透过窗子望见母亲在推磨外，剩下的就仅是心惊胆寒了。因为学堂里有个规矩：晚上布置的作业，第二天清晨，老师是要站在教室门口挨个检查的。倘若学生不做，他是不被容许进门的。学生需从老师那领几个板子后，然后蹲到教室前的花坛边补作业。春天还好，我也最喜欢，因为在被罚之后，我可以在花坛边挑一个可以让桃花落满身的好蹲处，边补作业边听那鸟鸣声。当然，夏天也不错，但我早晨少不了要在花坛边找一个背阴的地方，然后对着洒下阴凉的樱花发呆。发呆久了，阴凉走了，我也少不了随阴凉一并转移，等太阳已到树梢一半的时候，自己突然盹意上头，肚子也有些饿了。可再看太阳，发现离放学还有些时辰，没办法，只有侧耳听朗朗的读书声，斜眼看老师在教室里背过身子的身影，然后放下纸笔，站起身来，用手去捏那些正在采花的小蜜蜂。捏到了，便把蜜蜂的屁股揪下来，然后吃掉，以便充饥。一个上午下来，若是对面的樱花香得醉人的话，花坛上留下十几只蜜蜂头也是常有的事。但是，春夏过后，秋冬的清晨就显得太难熬了。虽然有白色的绣球花，香入心底的腊梅花，洁净的白霜，但即便是西北风不刮，只要抬头望见那天高云淡上杵着光秃秃的白杨树，就足以让人瑟瑟发抖，全身哆嗦。

我所念的这个小学不大，可谈到玩，便是孩子们的天堂。倘若是时下的冬天，在从家往学校去的那几里路上，旱沟里肯定是落满了白霜，有水的地方肯定也是结了冻，我也定不会放过这些的，我定要去抠一路冻在泥土里的石子、砖块，砸一路旱沟里的冻。等到了学校，倘若学校看门的老头起得晚，我和那些小孩子们定不会安稳地在铁门前守候，我们会折白杨树枝，从地里撬几块冷手的砖头摞在墙根，接着，一个催着一个地踩上砖头，爬上墙头，然后对着那看门老头的屋子喊：

"小孩爬墙头，想看张老头，张老头没在家，看见张老嫚，张老嫚搁家抠腚眼。"

老头被喊醒了，孩子也得以进了门。进了校园，因不是夏季刚开学，故无须从家里带镰刀去割丛生的杂草。教室照例是土房子，木梁上也可以见到鸟窝的痕迹。那时，学堂的桌子不多，因而总是两人挤一张桌子，现在回想起来，除了这个，还有木桌子上有被划了很深很深的"楚河汉界"，当然，我也从未见到有一个人可以坐整张桌子的，一直等我上了五年级。

记忆里，五年级的时候，一进门，在靠门的那张桌子上只坐了一个人。这个人后来我才知道他的名字叫"张雷"，也才知道那张桌子，他坐了已有五年了。

张雷有张很大的脸，可能是有这样的脸，因而眉毛格外粗，嘴巴也格外大，他一笑起来，嘴巴像小河里的一只船，他个子不高，但与我们齐平，也不知怎的，他的背显得有些驼。

那时，小学的下午安排的有写字课，那时的我拿着毛笔描字框，总是写不满框，因而得的等第不太高，其中班上有个女孩子，她就描得很好，我也很是佩服。直到有一天，她从门后的箸帚上折下细竹条，然后将竹条蘸上墨，像为一幅画涂上色彩一样去涂字框，这时我才明白其中的缘故。而关于这个女孩子，有时这折细竹条的活，因张雷坐在靠门的地方，常常为这个女孩子代劳。可能是张雷到了某个年龄的缘故，他对这个女孩子格外地关注。

记得有一回，张雷正坐在那张只属于他的桌子上，写我们认不得的字。说认不得，是因为他的字有的像条蛇，有的像根豆芽，有的像朵花，有的像棵草。忽然，有一个人说：

“张雷，你是不是喜欢那个女孩子，你要是喜欢，你就去抱她一下，不然，她就被人抢跑了。”

张雷听到这话，先是一愣，然后猛地跑到那个女孩子的面前，把那个女孩子抱起来。

看到这个情景，教室里像是受到某种蛊惑一样都大叫起来。这个女孩子从未被人抱过，故而哭了。张雷看到这个女孩子哭了，他也趴在桌子上哭。

见到张雷哭了，那个逗张雷的人生怕惊动隔壁的老师，然后大声对张雷说：

“别哭了，再哭，我就打你。”

张雷本是在桌子上边哭边用余光望那个女孩子的，听到这话，猛地站起来，说：

“你夹不，你夹不。”

听到张雷说这话，我们又像是受到某种蛊惑一样，又大笑起来，因为张雷总是把“你打吧”说成“你夹不，你夹不”。

旧时的学堂放学比较早，因早放学而又玩心过重，故而孩子们是不急着回家的，我们会在路上追逐，在旱沟里嘶闹，从土桥上丢叠好的纸船，从耗有水印的地方捡来瓦片打水漂，当然还有烧老芦苇玩。

除此，小孩子们会在学校前的老树根边逗留，望着东边划过流星，做着游戏，一直到人家烟囱飘起火星为止。其中有一种游戏：把人平均分成两堵人墙，手牵着手，一堵人墙在东边，另一堵在西边。站定后，倘若西边先来，那在西边的人会一齐用童谣“点”东边的人：

“拣花的，拣皮的，单拣那个没皮的。”

童谣的最后一个字落到东边人墙谁的头上，谁就被派出向西去撞人墙，撞开了，带走西边的一个人，撞不开，这个人留在西边，成为西边的人墙。

记得当时的天很蓝，我们正拣着人，在学校外的老树根上忽地坐起一个人来，在被风刮起的尘土中，我认得这个人是张雷，印象里，他的背不知怎的显得更加有些弯，等他走近，我看清楚他的脸，他用浑厚的声音说：“我也玩吧。”

听这话，我们这群手牵着手的孩子先是愣住，接着是一阵的吆喝：

“你臭嘴，喘气像放屁。我们不和你玩。”

“你快回家吧，不然你妈要用鞋底打你屁股了！”

“丢死了，还要玩这个！你都十七了，羞不羞！”

听到伙伴们的喊声，有两个字眼进入我的脑海里，我这才留意这个背弯人的年龄：

十七岁！十七岁？

如今，我常想，我在这样的年纪里，或许会写这样的一首情诗：

姑娘，你是不是善良的巫婆？

倘若不是，

池塘为何要泛起涟漪？

鸟儿为何要啼唱乐曲？

但那时候，我才十一二岁，留意的是，头顶上何时会有大雁的叫声，萝藦的种子何时会飞过河边，夕阳何时会有火烧云，芦苇花何时可以咬在嘴边被风吹……

当然，我也会跟着伙伴们喊：

“羞不羞啊你，喘气像放屁，快走吧，快走吧，不然，我们就夹你了。”

那时，傍晚的夕阳格外的大，我牵着伙伴们的手跳着蹦着，在我们的欢笑声里，我眼的余光瞥到了那西沉的红红夕阳，当然，还有往西的路，以及路上的那个有些驼背的背影。那背影在夕阳下，显得很孤独，正慢慢地往西走，好像老屋墙上的挂钟，嘀嗒嘀嗒，嘀嗒嘀嗒……

2015 年 12 月改旧稿

这个背影在十年后，我又一次碰到。那时我正在念大学，正值清明，我回家为祖母上坟，需要到集市上买冥纸，也是傍晚，但夕阳比儿时的时候要小。在去集市的桥头上，我看到一个裹着棉衣的人，他因驼着背，所以格外显眼，他那时正倚着桥栏杆边，望着天上的夕阳，像个没家的孩子，又像个没归宿的老头。我们互相盯着对方，我不明白他在想什么，但我想，他是早已认不得我了。顺着他的眼，我也望了一眼天空，天空中飞过一只鸟，我忽然想：人与鸟相比，最可悲的地方是，鸟儿长大了，天空是它的家，而人长大了，天空成了他遥不可及的地方。

想到这，我不由得默然了，忽地想，不知是命运公平还是不公平，总之，命运给这个人最痛遭遇的同时，也赋予了他与生俱有的忘掉痛的本领，而旁人却只认为他是个傻子。

记忆里的一个女人

关于活着这一回事，到如今也不知道该用怎样的态度去对待。有时候想在这物质的世事里找到些可爱，坚韧下去。有时又把宿命放在心头，不知所措。旧年代有这么一句话，八月十五雁门开，北边大雁南飞来。我自然是没见过开雁门时的景致，不过，倒看过人字形的大雁。那时候，背着小军包的小孩子窗台般高，追着大雁影，捡栗子模样的石子向大雁掷去。到了晚上，小孩子就让母亲搂着睡，听母亲讲“十五六，两头溜。十七八，瞎一瞎。”这说的是月儿。自然，十五六的时候，小孩子睡得很甜。而过了十八，怕是快天亮时才出月亮，雕花的木窗外总是黑咕隆咚的，小孩子是最怕的，有时难以入眠。

等天蒙蒙亮，月亮挂在西屋上，霜已冻了枯草的时候，透过窗户，儿时的我总能瞧见母亲穿着粉红绣梅朵的棉袄在推磨。天冷，鸡都缩着头不动。等到上学的时候，倒有些暖，我会将母亲裁缝的书包上的布带子勒在额头，看小河结的冻上扣住好些泥砖，天大亮了，要等的同伴也来了。若同行的小伙伴野一些，我会学他，到河边端出大冻块，一路滑到学堂。有时路上会遇到开了的桂花，小男孩会捋些放在铅笔铁盒里，等到了教室，在他爱慕的丫头面前夸耀。念书的小男孩人小，读书时，心早给了北边的小河，总盼着看门的老头将钟声敲响，得些小河里的乐趣。学校的钟换过，先前是吊块厚铁片，用小铁锤敲，作为钟声。没几年，那块厚铁片让卸下，系上了小古铁钟，若西北风大，扣在木桩上的系子会带动钟里的铁棒动，发出轻微的响声，惹幼小心灵的孩子一点关于秋冬伤怀的情感。但在这里，钟被赋予神圣，即便再野性的小孩，也很少去碰它。因它一响，“挤大米”这类无束缚的事便开始了。在向阳的墙角，不怀心思的孩子只为不必冷得跺脚，便依墙挤排得很长。这些孩子力气相当，还不曾将墙对角里的“第一”挤掉。上茅房有回来的，跟被挤下的排在后面。后上的孩子有野的，一个又一个地将前面的人挤下。挤下的孩子不甘心，得了气便骂。别人只是笑，不理他。这些孩子不知疲倦，就如编成篱笆状且早破了的铁丝窗外面的雪。他们望着透明的太阳，滚雪球，堆雪人，打雪仗。而怕冻或被雪球打哭的则坐在教室里，听好说话的孩子讲。

“昨天，我家那有个‘毛子’偷跑，全庄人去追，在沟底让抓住的。听说让她男人吊在房梁上打呢。”

“什么是‘毛子’？”

“云南‘毛子’，只要云南在，不怕没后代。”

“这个我也会。山东老侉子，爱吃鸡爪子。吃了一肚子，拉了一裤子。”

“我也会，我也会。嘿嘿嘿，你是谁？你是山东大蟊贼，头发长，耳朵垂。”

我会的不多，自然也不知为何有地域的偏见。但从那时，我总把一个“毛子”偷跑被抓的场景印在脑中念想。

好像命运这个主宰者从未眷顾她们，可她们也会有不懂世事的小时候，那么那时的她们是否也会不知忧愁地欢笑呢？这点情感，让我在桑葚树下的那个矮房子边站着，想着这儿曾住着有关命运无可奈何的人。这家的汉子常年在外，即便大年三十也不曾回来，留下个毛子女人及一双儿女。印象里，那个毛子长得很粗壮，圆圆的胖脸、短发，简直像个男人，说话粗声粗气的，不常开口，我只见一回，不知谁家从被雨下塌的泥墙头里打死条蛇，蛇让野孩子挑挂在她家草房后的粗桑葚树上。那个毛子便骂些听不懂的话。她本可像其他的女人，可以去串门，诉些苦，借个家伙找些帮助。但没人理她，甚者说，她男人也是嫌弃她才常年在外的。因她没做女人的样子，为人很邋遢，特别是夏天，她及孩子的衣服从不洗，只等下雨天，将衣裳晾在绳上，任凭雨淋。再等放晴，晒了干。除此，还因她穷困以及或许天生既来的呆痴。她男人在家时，就从不过问她，她因饿，清晨会趁着露水，到一些青草丛里逮活蜗牛吃。至于那双儿女，还在我儿时，留下过最初的印象。小男孩没有上衣穿，露出脏兮兮的肚子，小手上扣着带泥失色的花绒，正拿着竹竿偷庄里人家的小樱桃吃。小女孩躲在弟弟身后，穿着不合这儿习俗的脏肚兜，正握着像被蜇的手指哭。那棵樱桃树很大，养它的人家怕有鸟雀叼吃，便用破旧渔网围了个周遭。这便是那双儿女在我儿时印象里仅存下的模样。

这么匆匆过了几年，樱桃花开了几年，落了几年，馋嘴的孩子偷了几年，人世的开落也过了几年。有天傍晚，一个熟人来我家找纸裁的鞋帮样子，不免谈些话。那人说道："南边那个'毛子'，她男人在外死了，听说肚子都被割开，肚子里一些东西让人卖了。丧事就这几天，是孩子的姑姑给操持的。就'毛子'那样，还有人念她的想，托人做媒，跟孩子的姑姑谈。那女人有主意，开口便骂，道那说媒的，说'光棍是你的祖宗，你怎么不把你闺女说给光棍呢'，还说'俩孩子是她哥的，不能跟别人姓了'。"

从那后，过的大几年间，我不曾把这些想起。只知晓，那双儿女同他们的姑姑过。

直到前年冬天，我才知那孩子的姑姑也因常年在外，虽嫁的是本庄，靠近东边大河处，但不曾见过。那次倒没下雪，且因少了在树木花草间寻乐的孩子，故儿时早已在深秋被烧掉的枯草如今还在。在河水浅洼处，还用渔网围起来，那是养鸭子人家留下的。那天，俩孩子的姑姑家来了亲戚，出来三个孩子迎。我见到了那俩孩子。女孩子梳着两个粗辫子，已出落得很水灵，模样倒没大变，穿的是刚裁做的粉红棉袄，将来人拎的老冬瓜抱在怀里。来人是个老太婆，捏了捏女孩子的腮帮子，说："英子，我来带你的，给我当儿媳妇，回头同我走。"女孩子低着头，不说话。倒是男孩子牵着那老太婆的衣襟，喊："我也去，带我去。"我瞥了眼那小男孩，他手里拿着鞭炮，倒很神气，一丝忧郁也不曾沾有……便可想，等春天到了，杨柳开了叶，桃花鼓了骨朵，小野菊铺满地，众多的菜花满陇地长。在这季节，那小女孩劈下柳枝，编成小花箍戴在头上，奔跑在垄田里。也可想那个小男孩，把柳枝编成古人的辫子，戴在头上，甩过来甩过去，同小女孩扮夫妻，夸口自己是"挤大米"的高手，将柳条折下，抽出茎，做成"吹叽子"，吹出调儿来。

……只是，莫再提这双儿女的母亲，那个有些呆病的脏胖"毛子"，因她在大几年前，被孩子的姑姑卖到外地去了。

小 河

自己在还未曾理性的时候，在对感情极其渴望憧憬的时候，写了这么段话：

小河流，

到东头，

桥下妹妹放竹篓。

竹篓口，

系着藕，

妹妹已经咬一口。

哥哥哟，

好话莫留，

今夜出月，你往河边走。

自己还设想这两个情人在夜里相会错了地方，彼此皆产生忧郁的情感：

月儿悄悄地游，

小河静静地流，

芦苇里小哥哥在那边悄悄地忧，

淌泪的小妹妹在这岸静静地愁。

但对于小河，在儿时的记忆里，那儿很多时候都是冷清的。记得小时候，家里一旦死了狗，母亲就苦着脸用布袋把狗尸装起，因怕人笑话，便趁下傍晚路上少人，拉平车到石桥上，把狗尸扔下河。狗尸沉，需我搭把手。那时我还小，只见小河起了很大的波纹。幼小的我想，不知道那会流到何处去呢。那时，小河边的草很密，死了人的那家会把烧破的小绳床、破席子、破枕头、破衣服扔在那儿。这是风俗。有时，在小河边也会捡到老头砸过的旱烟嘴。那时，自己常想，到夜晚，河里的鬼会不会出来，藏在河草下呢。这些想法还未曾吓到我。直到有个伙伴告诉我，他那的河堆上会扔病孩子，他父辈时更是。他见过太多烧掉枯草露出的用红毯子包着的小孩头。及那些胆大的，敢用树枝戳头上的三个窟窿转着玩，吓他。这些记忆，使幼小的我打消不少亲近小河的念头。

这篇《小河》，自己本打算用极其浪漫的笔调来叙述下面的人事，只是仿佛这点人事太过于寻常了。

小河的夜，是属于孩子们的，他们会半夜提着灯，拿上磨亮的刀，沿小河边砍鱼，望着河里的星子做些美梦。这些孩子偶尔也会盯着小河南边田地里的一处窗子发呆。这个窗子住着一个老头，这老头是叼长旱烟的好手，他的门前也总会有从远处过来做旱烟叶生意的老头歇脚。他的存在，及其秋天里被有井有条堆在屋墙边的木柴，倘若是不知晓这个老头一点事的外乡人见了，也只是极平常地感叹人生的短暂罢了。但倘若知道这个老头一点事的庄里人感触却不一样。从我母亲嫁到这个庄子的时候，这个老头便在小河南边住着。他的老婆子还活着，只是在小河北边住着，这个老婆子的小屋后有一片油菜花田，留给小孩子的印象极深。小孩子经常见到这老婆子的时候，同那老头一样是在秋天里，会瞧见她到屋前的林子里拾落叶。至于这对分开的夫妻之间到底在要脸面的年纪里发生了什么？小孩子自然不得而知。

只是，去年在家，忽然有一天听说，小河南边的屋子让推倒了，人能见到老头在小河北边屋子前喂小鸡。人们开了一点玩笑，但也玩味了人生这回事。因那老头在搬到小河北边晒了几天太阳，便死掉了。老头事上，老婆子自然是落些老泪，免不了儿女的劝。待到写着老头一生的铭旌从小河北边屋前落下后，人过河北老婆子的屋前时，人总是要玩笑地说点岁月弄人的话，做一点“人生究竟什么可以认真呢”之类的感叹。要知道，铭旌落了，人的一生便彻底完了。此时，小孩子夜间再去小河边砍鱼，便会在明亮的圆月下，在小河南边寻到插在新坟上因月光照着发亮的纸伞，朦胧地产生一点怕人而又无奈的忧郁。

当然，对于孩子，这一切，仿佛除了窗子变成纸伞，什么都未曾变过。因在又来的秋天里，这些孩子在小河北边的林子里，仍能看到仍是一个人孤单单地拐着粪箕拾落叶的老婆子，什么都依着先前的样子。

再瞧小孩子落刀的这条小河吧，仍是静静地流着。

夕 阳

“小琴姐，看！夕阳真红！”

那时可能是夏天，只记得，河边的芦柴在水里密密匝匝地长着，泛起尘土的土路上不知是谁下药，依电线杆的走向死了一排排的麻雀。小琴姐穿着白色衬衫，梳着长长的马尾，想着她的心事，是水杉顶划过的流星？还是河对岸的一点淡黄的窗光？我不得知，我只趴在已长出嫩枝的老树根上，望着夕阳慢慢地躲进远处的树影墙里，对于几岁的孩子而言，没有比等候傍晚伙伴们的到来更有趣了。

说起小琴姐，那时因为父亲到煤矿挖煤的缘故，母亲才请她来帮衬照看。还记得晚上的时候，她搂着我睡觉，我因为想看满天星斗的缘故，所以时常拉开吱吱的门，站到露天下。小琴姐见我仰着头打转，不肯进屋，她就会给我讲故事：

从前，有一家人，姐妹两个人跟她们的舅奶过。可有一天，舅奶被老妖怪给吃了，老妖怪把舅奶吃了以后，变成了这个舅奶的模样，晚上跟这姐妹俩一起睡。

一天夜里，姐姐突然被嚼东西的声音惊醒，于是便问："舅奶奶，你嘎吱嘎吱地，在吃什么东西呀？"这个老妖怪躲在被窝里，说："舅奶奶在嚼糖馃子！你睡吧！"等第二天，姐妹俩醒来，发现妹妹的脚指头没了。于是，老妖怪被发现了，她变回原形，说："上山蹭蹭牙，上山磨磨牙，回来吃它个嘎吱嘎。"后来，这个老妖怪又回来了，夜里躲在门后嚼东西，把这俩姐妹都吃掉了。

小琴姐讲这个老妖怪的时候，总学老妖怪嚼东西的声响，我害怕极了，屋外，门后，连被窝都不敢钻，后来只老老实实地让小琴姐搂在怀里，然后望着透窗落下的月光，问她：

"小琴姐，你是老妖怪变的吗？"

小琴姐不说话，她的眼盯着窗外，想着她的心事。

大概是第二年的农历四月，只记得满眼都是飘着的棉絮，父亲从煤矿回来，带回印着字样的暖壶、手帕、瓷盆，还有几百块钱。小琴姐呢，在一个夕阳正红的傍晚出嫁到南庄的一户人家。

南庄，是母亲告诉我在哪的，离我家不是很近，在南边的一个庄子里。等到长几岁后，我时常到那儿玩，因为那儿有一个苏老头。这苏老头，后来我才知道，就是小琴姐的公公。

"偷牛逮拔牛橛的"，这是苏老头常挂在嘴边的，究其缘故，听母亲讲，只因二十年前的一个夏夜，在河边死了一个孩子，而苏老头每夜都提着手电筒，往河边照亮，用刀砍鱼。公安局断定是苏老头干的。于是把苏老头抓去，苏老头自然是不承认，最后被打折了腿，咬死不承认，被放了出来。

等我见到苏老头的时候，他已是瘸了腿，一只手撑着跛腿，一只捏着老旱烟。

我去见苏老头，只因听人说，南庄那有条渡船，由一个老头看着。

听母亲说，以前有渡船那儿的河很窄，有的地方一步就跨过了，但过了一辈之后，乡下时兴采沙谋生，采沙船遍布河道，于是河道便愈渐宽阔了。由于河过宽，造桥又无人拨款，于是庄南与庄北的人家商议后，凑钱到镇上打了个横贯河道的长铁链，又造了一个渡船。

那渡船，我坐过，很小，手一伸就能撩到水面。船由铁链系在横贯南北的长铁链上，人倘若过河，需坐到船舱里，慢慢地去拉那根粗铁链行走。

这只渡船由苏老头管，他自然不知道我认识小琴姐。

记得在落叶被母亲用扫帚堆到墙角的时候，在鸡在暮色里钻进了石磨下的窝的时候，小琴姐到我家来了。

母亲放下扫帚，迎小琴姐进屋，那时我有些害羞，搬了个板凳给小琴姐后，自己就坐到墙边的床边上。小琴姐变了很多，那双眼忽然我不敢直视了，脸上有鲜红的手印，一只脚放到地上，另一脚脱了鞋子，放在凳子上，边同母亲说话，边把鼻涕扔到墙边。

“小琴，你男人打你了？”

“打了！天天赌钱，夜里不归家，输了钱就喝醉酒，打我。还有我那公公，这个老不死的，说我偷人，叫他儿子打我！这个老不死的，二十年前的小孩，要我说，就是他杀的！就是他剁了吃的！”

我望着小琴姐，以及她旁边桌子上的煤油灯，这还是给我讲故事的小琴姐吗？

小琴姐走后不久，听母亲说，小琴姐的公公苏老头从小琴姐家搬出去住了。听母亲讲，苏老头的屋子挨河边用网子围了个圈，在里面养些鸭子。因为看守那艘渡船的缘故，每年年上，他总到庄里挨家要些粮食，因为他给人守渡船，人家应该给他点粮食。

听了母亲讲后，有一天，我一个人偷偷地跑到南庄那，想看一看苏老头。

踩着碎碎响声的落叶，走过窄窄的小路，便到了河边。河西岸皆是密密的芦苇，每阵风过，芦花纷纷飘落到河面上，淡淡的云倒映在河水里，水面上挂着条粗铁链，这头扣在粗白杨树上，岸边系着只小舱船。

河对岸有人要过河，喊苏老头，苏老头从河岸边的屋子一瘸一拐地走出来，嘴里念道：

"偷牛逮拔牛橛的，她偷人，说我偷她！每天跟伴年一样，忙不够！"

我站在岸边，生怕苏老头看到我，认出我识得小琴姐，于是，顺着窄窄的小路，跑开了。

过了两年，在一个没有月亮的夜里，母亲把我从睡梦里叫醒，给我穿上衣服，驮着我出门。外面的天真黑，除了几户人家的窗子里隐约地亮着光外，见不到一点亮，天空也不见一颗星星。

在拐进一个僻静的巷子，踏着几阵沙沙的脚步后，走进了一户门前有大樱桃树的人家。当我进去后，我才知道这是小琴姐的娘家。

小琴姐坐在床边，倚着蚊帐竿子，小琴姐的母亲引我们进屋坐下，一阵寒暄后，握着我母亲的手，边指着小琴姐边说：

"真是为她操碎了心，也不知她上辈子是什么东西，这辈子这样！"

我母亲仿佛知道了些什么，说：

"这事是真的？"

小琴姐的母亲叹着气，说：

"真的。小琴她那两岁的儿子，我那小外甥让人贩子给拐跑了。小琴她那男人为了找他儿子，一气走了。现在只剩下小琴一个人。已经好几天了。不知消息！我叫小琴搬回来住吧，她说不回来住。"

听到小琴姐母亲的话，我不禁望了望小琴姐，她穿着黑色的裤子，把两腿盘在屁股下坐着。窗外是漆黑一片。夜总是寂寞地惹人忧伤，它仿佛时刻提醒着地上的人，岁月的不定数，人的无奈。

……

这么过了一个月，小琴姐的儿子和丈夫不知消息；

过了一年，小琴姐的儿子和丈夫不知消息；

过了好几年，小琴姐的儿子和丈夫不知消息；

在这好些年里，我有时会到小琴姐家那去，去看看她一个人怎样过，望着紧闭的门，我会想，那门会突然打开，她的丈夫会抱着儿子从门里走出来。

乡下的日子闲时实在使人忧郁，有时连天上的云也会使人落泪。那时我只是一个不知忧愁的孩子，只会往小葡萄架下捧冷水喝，追着大雁奔跑，看鸭子翘起屁股捉鱼，想星空里是否有无数个人家，点着灯。

有时，我也会到苏老头那，他仍是那样，养他的鸭子，看守那只渡船。

后来，我念了高中，到了县城里念书，渐渐忽略了那个可怜的人。可能是年龄渐长，在高中，有时自己常想，人要认命，如果不这样，撞破了脑袋，最终也只是个潦倒落魄的人。其实，除了这点忧愁外，在县城念书，会有许多新鲜的事，其中最令人记忆犹新的是，每年在春天，学校都会组织我们到一个大广场看“审判大会”。听人讲，对于那些枪毙的，罪犯的亲人会雇火化车跟在后面，犯人毙了之后，就直接被拉到火葬场。

永忘不了那一天，从学校回家，因为家里的大路正在翻修，所以走了不少儿时走的小路，见了不少儿时的风景：

可能是近冬天的缘故，树虽是带着绿意的，旱沟里的草却早已枯败，变成了苍白色与赭色，路边的旱沟里时常蹿着几个小孩的人影，他们时而蹿着跳着，被火映衬着，时而围裹在一块，催一个大孩子把那边的草点着。路的不远有一个旧学校，早已空荡无人，栝楼藤提溜着干瘪的果实拖在墙上，坍圮的房子露出木梁，地上的碎砖头被人挖散一地。

等我到家门前的时候，母亲先是不去管入圈的鸡，笑着迎我，然后怯怯地拉着我进屋，没等到我放下手里的包裹，母亲在我耳边轻声地说：

“你小琴姐要被枪毙了！”

“要枪毙？”我吃惊地望着母亲。

母亲说：“你小琴姐真毒啊！好几年前，我们都以为她的儿子让人贩子拐去了，她的丈夫去外地找儿子去了。谁知？早死了！”

“死了？”

“啊，上个月，你没回家，我们这还有南庄那修路，有一天，你小琴姐男人家的屋子后墙根让人扒开来，谁知挖出一个腌菜缸，把缸一打开，里面有死小孩子的头，还有些骨头。后来人家公安局来调查了，是你小琴姐干的，她偷人，偷的那人是她家后的，俩人一起把她男人杀了，绑上石头，扔到池塘里，把自己的儿子也杀了，剁了藏在那缸里。真毒啊！”

……

听完母亲的话，我放下包裹，不禁走出屋子，西边的暮色早已铺上头顶来，鸡在圈里发出微弱的咕咕声，我爬到母亲时常推磨的石磨上，远远望着，夕阳已不见了丝毫模样。

奶奶的小菜园

十六年前，十六年了！

那时我还小，奶奶还在。

那时我也还没长高，奶奶也没有变矮。

当然，还有白杨树、老屋，还有天空，连奶奶的小菜园里种的东西也还没有变得矮小。

我站在里面，小伙伴们找不到我，因为那里种着的黄瓜已结满藤蔓；

我趴在里面，小伙伴们找不到我，因为那里栽的山芋秧已密密匝匝；

我爬到菜园里的山楂树上，小伙伴们也找不到我，因为上面晾着奶奶的衣服。

那里有蝴蝶，白的，黄的，黑的，单个的，成双的……

那里还有温顺的小蜜蜂，会蜇人的马蜂，会嗡嗡吓人的大黑蜂，落在牵牛花的，躲在紫薇篱笆里的……

那里还有蜻蜓，站在棒黍梢头的，飞在梧桐树周围的。

还有推磨虫，弓腰虫，毛毛虫，豆丹虫……

当然，那里面还有我，有时我会把奶奶的芭蕉扇偷出来，插在脖子的衣服里，再把奶奶晒的葫芦拿在手里，扮四处游乞的和尚。这儿是山芋国，那儿是黄瓜城，到了那儿，便说："山芋国王，黄瓜城主，我从远方来这，请施舍我点东西吧！"笑着念完，自己便把那芭蕉扇拿下来，从地里挖出那"国王"，用手搓掉泥吃掉。

有时，我会把奶奶纳鞋的针锥偷出来，去戳那些青青的叶子，在瓜的身上画画写字。

有时，我也会把奶奶用破衣服扎的稻草人推倒，把那稻草人头上的破帽子戴在自己的头上，然后伸开双臂，站在那一动不动，盼望着白杨树上的鸟儿会落在我的肩上。

……

夏天，奶奶的小菜园是不平静的。

就不必说夜里这边与那头相叫应的虫子，就单单天色暗淡下来的暮色里，就很不平静，蝉儿自然还未入眠，奶奶依往常在菜园里乘凉，我呢，会抱着奶奶的芭蕉扇，跑到菜园南边的小河底，看星星在水里眨着眼，听不远处，河水进入路洞时发出哗哗啦啦的声响。

有时，奶奶也会到河底，挨着我，在一个台阶上坐着，然后叫我盯着河对岸的那个小房子看，接着告诉我：

"瞧，那个小房子，门前那棵树叫榆树，以前没吃的时候，奶奶会捋榆树上的叶子做饼吃。瞧，那棵是大栗子树，你还小一点的时候，老说栗子树落下的花是毛毛虫，有时落到头上了，你就哭，一动也不动。"

"奶奶，看，那榆树下有一个人在推磨！"

"噢，是燕子！"

"燕子？会飞么？"

“人怎么会飞！”

“那奶奶，她会唱歌么？”

奶奶笑了，舌头在她缺了的门牙里动了一下，说：“可能会吧！”

“那奶奶，她会箍人么？”

“箍人？”

“啊，奶奶，你以前不是讲过，小孩子不能到河边么，因为，每一条河的河边都有一个孤零零的小屋，小屋里都住着一个坏女人，这个坏女人会在晚上变成一条蛇，专门箍不听话且又喜欢去河边的小孩么？”

奶奶又笑了，“嗯”一声，说：

“是的，她会箍人的！那你听不听奶奶的话，以后不要一个人坐在河底？你要是再坐在河底，再用水去浇那些做篱笆的枯柳条，用水去淹地上的小洞，我就把河对岸的燕子叫过来，让她做你老婆，让她晚上变成蛇，箍你！”

听完奶奶的话，我害怕极了，天由于没有月光，所以比其他时候都显得格外漆黑，我不敢再望那个小房子，用眼的余光瞥了瞥，拉着奶奶的手，上了河岸，走过小菜园，进了奶奶的屋子。

奶奶的老屋不大，一张床，一张桌子，一张橱柜，一张长几，还有一堆被盖着的粮囤。我躺在奶奶的绳床上，望着长几上零零散散放着的几根短蜡烛，望着映在窗户上跳动的烛光，心里生怕奶奶会把燕子娶给我，于是，安静地不敢喘气，但在心里，我决定自己不能听之任之了！

于是，有时，当奶奶为山药豆藤搭架子的时候，我跑过去，说：

“奶奶，我不要娶燕子！因为她刚刚还从桥上朝河里跳，在河里洗澡。一个女孩子！还能在河里洗澡呢！岸上的人都是用这种口气说的。奶奶，燕子还会在河里扎猛子，还会仰着头在河里甩大膀子游呢！奶奶，她是水蛇，不是燕子！”……

有时，正碰上奶奶在菜园里那棵山楂树下打盹，我会推醒奶奶，说：

“奶奶，我不要娶燕子！她能在河里洗澡，还笑得最大声，岸上的人都说，女孩子不能这样！”……

有时，奶奶戴着断了一只腿的老花镜，正为我做布单鞋，正在那鞋面上绣花，我便蹲在奶奶的椅子旁，说：

“奶奶，我不要娶燕子！我很听话的。奶奶，岸上的人说，她为什么叫燕子！因为她是在那榆树下，在那栗子树下抱窝生的，还是她爸和她亲大姨生的！”

有时，奶奶叫我去河底拾鸭蛋，我说：

“奶奶，我去拾鸭蛋，但我不要娶燕子！河对岸的小孩子都说，燕子上学的时候，最能欢了，她喜欢跟男孩子追逐，还喜欢散开头发，把男孩子的衣服穿在自己身上！”

……

不知为什么，可能我说的次数多了，奶奶都有些不耐烦了，每次都是同样的回答：“是的，你不要娶燕子。不要娶，你还小，日子还长着呢！”

是的，那时的日子长着呢，夏天的日子也长着呢。奶奶的小菜园里该开花的开了花，该结果的结了果，青的，红的，绿的，黄的……藤蔓上的，树梢上的，土里的，篱笆上的……

可奶奶嘴里的日子是我的日子，奶奶的呢，在一只蝴蝶在小菜园飞舞的时候，她被送去了医院，那时，我还不知道什么是死，什么是病，所以，总是笑着。

奶奶被送去医院后的几天，有时，在下了阵雨的傍晚，我在小河边拾被晒干的贝壳，挖河底的甜草根来吃，等雨下大了，我就跑到奶奶家的屋檐下躲雨，奶奶家的门还上着锁，于是，我就站在屋檐里，看雨从瓦边像门帘上的珠子一样急迫地流下，我不知道奶奶回不回来，于是四处看，看雨打湿了菜园里的稻草人，看雨下油了山楂树的枝条，看雨下绿了山药豆的叶子，我就站在那看，看看屋檐，看看菜园，再看看奶奶回家的路……那天，奶奶没有回来。

有时，当太阳把树叶都晒出油的时候，我来到奶奶家，奶奶家门上仍上着锁，我站在屋檐里，看远处有人在晒谷子，我盯着那谷子看久了，就犯困。于是，懒洋洋地把稻草人的帽子解下来，戴在头上，钻进菜园里的黄瓜藤下睡着了……那天，奶奶仍没有回来。

有时，当蝙蝠在屋顶上盘旋的时候，我来到奶奶家，奶奶家门上还上着锁，于是，我就张开双臂，在奶奶的小菜园里，仰着头，追着蝙蝠，学它盘旋的样子。

有时，当夕阳落到老屋后屋脊的时候，我会站在菜园前的小河边，看夕阳的余晖铺在水面上，看河对岸的那棵大栗子树用它的影子趴在小屋身上，想小屋里是什么样的摆设，想那个燕子是睡在床上，还是住在洞里……那天，奶奶也没有回来，我蹲下身子，去看河里自己的倒影，忽然感到很害怕！

这样的日子，接连过了两三个礼拜吧，终于，在一天的午后，奶奶回来了。

我高兴极了！

就在奶奶回来的第二天，又发生了一件令我高兴的事！

那是一个大雨将至的傍晚，奶奶家小菜园前的小河边总会有三三两两的人在那指指点点，在那河底，也都是些一排排密密而又凌乱的脚印！

在这天傍晚，一个常来和奶奶说话的老婆婆又来了。老婆婆拄着拐杖，和奶奶同坐在菜园里的那棵山楂树旁，那老婆婆说：

"听说了吗，燕子淹死了？"

这老婆婆边说边掏出灰色的手帕，接着说：

“多好的姑娘，她爸整天像得了瘟病一样，不爱跟人说话，生的这个女儿呢，倒是整天笑，早上又是烙煎饼，又是到田里打猪草喂猪，又是牵小羊吃草，傍晚的时候又是推磨，又是赶大鹅回家，又是在那大栗子树下绣鞋面的，有时我路过那，我都觉得可怜，我说，燕子，你这么能干，将来你能找到好人家的。”

奶奶摇着芭蕉扇，说：

“是啊，多好的姑娘，可偏偏就淹死了……”

那个老婆婆不知骂了什么话，接着说：

“那人在水里泡的，腰都泡成木桶那么大了，都怪她家没有家院子，正夏天，天又热，晚上她就到那栗子树下睡觉。听说，半夜里被人抱到河底，给淹死的。”

……

那一年不平静的夏天终是过去了。

夏天一过去，安谧的秋天就该来了，小菜园两旁的白杨树开始落叶子了，青的，黄的，落在瓜藤菜叶上面，有的还被雨打在了菜叶下面。菜园里的丝瓜藤经过一个夏天，缠满了白杨树，也已经枯了，高处的丝瓜仍坠在那，只是变得肥大而干枯，青的黄瓜黄了，稻草人的根朽了，也真的倒了。

在一个夕阳把白杨树的影子拉长的傍晚，奶奶拿着镰刀，弯着腰整理枯败的山药豆藤、黄瓜藤……白杨树的影子落在地上，一个又一个，一排又一排，从菜园的西边落到东边，落在奶奶的身上。我那时不知道奶奶已病入膏肓，拿着被奶奶砍下的山药豆的枯藤，一棵树的影子又一棵树的影子地踩着，跳着……

那年，在秋天快来的时候，我很开心，因为奶奶回来了，因为小河边的那个坏女孩不会嫁给我了！

河东的两个故人

一、叫“二姐”的女人

小时候，无论是站在密密的芦苇边，还是骑在槐树的枝丫上，只要到了河边，我都会朝河东望，望河东的树，望河东的房子，望河东的雨……父亲说，我们的老家在河东，他的爷爷，我的老太，一个人，用一根扁担挑着家当，从河东来到河西，给地主家当长工头。后来才有了他。后来才有了我。

我去过两次河东。

第一次去的时候十二岁，第二次去的时候二十二岁。

我十二岁的时候，望着河东的一切，我会幻想，河东的老家是什么样的，会不会有别人嘴里常念道的家谱，家谱里写有我的名字么？还有那儿的房子，是不是青砖青瓦，带着封建时候的气息？

记得那是冬天的时节，河东的一个堂哥成家，我随父亲去了所谓的“河东”。

到了那儿，映入眼帘的是，一个高大入云的梨树，红砖红瓦的新式瓦房，门上刚剪的喜字，还有堂哥家房前的一条条长凳子，长凳子上坐着一个个叼着旱烟的老头。

当然，还有满院子里的人。

其中记忆最深刻的是一个叫“二姐”的女人，她年龄不大，一副大姐姐的模样，她从我父亲的手中接管了我。

那天，她带我到不远的小商店里买小鞭炮来炸。她不敢放鞭炮，见我放鞭炮，只远远地退到一棵树旁，用手捂着耳朵看。她的眼睛扑闪扑闪的，像有两只蝴蝶不停地拍着翅膀。

她仿佛对河东的一切都很熟识，路过一堆废砖的地方，她拉着我走上去，指着睡在地上的破木门，说：

“这是四奶奶的家，她人很好的，为人向善，不要说邻居了，就是要饭的走过，她都将自己舍不得吃的东西拿给要饭的。只可惜，好人都没什么好命。她只有一个儿子，不想这儿子外出到煤矿里挖煤，四奶奶活着的时候，说，她儿子喜欢我，说要到煤矿里挣点钱，娶我，不想……本来只是被压断了腿，最后却被煤矿里的人活活打死了。四奶奶听说她儿子死了，她一个人在当天晚上就吞卤膏死了！后来，庄里的人就把她的房子给推倒了。”

那天，我顺着二姐的眼睛，望着西边人家屋檐上突出的白杨树。河东老家的树真多，有的密密地挨着，成片成片的，在成片的树林子中，只有一个矮房子，仿佛另一个世界一样。我望着矮房子前坐着的老奶奶，问道：

“小二姐，什么是卤膏？”

她望了望我，没有回答。

那年，我十二岁，关于小二姐，我不知道她多少岁，只觉得她那时很美。

……

我二十二岁的时候，记得那时快到夏天的样子，我又一次去了河东。那时去河东是因为河东的一个长辈去世了。这一次父亲没去，只我一个人去。

等过了河，到了那个庄子，老远就听到唢呐声，我不知我去的那家在哪，于是，顺着唢呐声去找。走在路上，有人家的月季开了，有红的，还有黄的，有人家的木香已开了花，走过的时候传来一阵阵的香，还有在一棵桃花下拴着一条狗，正汪汪地叫。

那天，父亲在我临走前叮嘱，“先到大梨树的那家，那是你堂哥家，由你堂哥再领着你去那去世的长辈家”。于是，我一路边走边望，边在心里念道：大梨树呢！大梨树呢！

终于，在一群爬在桑葚上玩的孩子的指引下，我来到那棵大梨树下。不知为什么，十二岁的时候，我真觉得这棵梨树很高，像要入云的样子，十年过去了，站在梨树下，我发觉，除了梨树褶皱很深的树皮外，并不觉得梨树有多高！

我摸了摸梨树的皮，望了望梨树下的这户人家，这儿与十年前没什么两样，半掩着门，还是铁门，只是褪了色，锁挂在门上，可能是经不住雨，已锈了。

从半掩的门，我跨进半个身子，朝里面喊：“有人在吗？堂哥在家吗？”

屋子里没人应。

我又打量了一下那个院子，十年前记忆里的一条条长凳子没有了，老头也没有了，在靠墙根的地方有一个破缸，那歪长着一株月季。

堂屋的门半掩着，门两边的对联脱落了大半边。堂屋上面的瓦像是漏雨，瓦里塞着塑料纸。我略带感伤地望着这十年后的院子。

忽然，当我的眼望到偏屋的时候，我一下子被吓住了。那个偏屋没有门，只挂着被卷起半边的芦苇席子，在那半掩的席子里面，靠墙有一张床，床上坐着一个女人，她一动不动，只发出了哼哼嗯嗯的声音。当时，我怕极了，没等看清那女人的脸，便抽出半边身子，跑了出来。

当我又跑到那株桑葚树下时，那群孩子压弯了桑葚的枝条。当我问起那梨树下的那个女人时，那群孩子狠狠地摇着桑葚树，争着说：

"是……"

"是疯子二娘。"

"她孩子被猫捂死了！"

"我妈说她以前爱打麻将，特别晚上，有一次，她就把儿子朝床上一丢，就去打麻将了。等她夜里打了麻将回家，一只猫正眯着眼，坐在小孩子的脸上，她的小孩子被活活闷死了！后来，男人家不要她，她就被赶了回来。"

"对，后来就疯了！"

"疯了，还打人呢！"

"……"

听着这群孩子的话，我不由得一惊，顺着小孩指的方向，我望了望那棵高过屋子的梨树，在心里想到：

我本以为，十年能怎么样呢！人无非还是那个人，树无非还是那个树。可是，当真的十年过去的时候，当一个堆满笑容的大姐姐变成一个疯子的时候，我才发觉，都不一样了！

二、小七娘

前天，当绣球花落了满地的时候，母亲从老家来，她带来一个消息：河东的小七娘死了。

我问："哪个小七娘？"

她说："就是那个，从不串门，从不与人说笑，穿着朴素，从不打扮，还扎着粗辫子的，那个小七娘。就在前天，她跳河死了。"

我问："为什么跳河？"

母亲说："她的女儿今年十七岁，跟一个男孩子跑了！"

我说："就这个原因？"

母亲说："就这个原因啊！"

老 家

眼下已是深秋时节，看似温柔的雨却将落叶淋得零零落落，让人顿觉凄凉。幸好窗外没有一片竹林，不然真的有点“秋窗秋雨”了。

在这样的夜晚，自然没有“玉轮轧露”，也没有“疏梅筛月影”，但若能“画船听雨眠”，也颇有风味。只是，在滴滴答答的敲窗声里，我多少惦念我那个老家了。

老家，老家！

就如那冬天的草，枯萎了，凋败了，死去了，却仍旧那么站着，那么立着，那么“活”着！

老家发生过许多事，春风，夏花，秋雨，冬雪；老家走过许多人，快活，苦命，高矮，胖瘦；老家有过许多风景，东隅的篱笆院，桑榆的锄头，“雨雪载涂”“黍稷方华”……

当然，老家自然会有这样的一场雨。

雾蒙蒙的！

母亲坐在靠门的地方，唉声叹气，雨里有她的辛酸，有她的苦楚，有她的牵挂！

老家也会有这样的一群孩子。

小女孩们，如在《诗经》里，时而在纯束的白茅边，时而在“芃芃其麦”旁，如在夕阳下，拎着篮子割青草，坐在小凳子上纳布鞋，扯着门前的草生火；

小男孩们，会在雨敲着瓦片的时候，看那雨顺着瓦流到地上产生的一排小圆孔，看那些小圆孔里的雨滴，看那些小圆孔里的小水泡。

老家也有这样的月亮。

出在矮檐里，落在树梢上。

老家也有这样的话！

真的智慧！夏天的太阳叫“红花大太阳”，夏天的外面叫“火笼子”。当然有的话，与古人若合一契。

老家有句话说：“吃七月半的饺子，找破棉袄！”

古人说：“七月流火，九月授衣。”

老家也有这样的一种声音。

或许是蝉声！有的地方叫它“福凉子”“福凉子，福凉子，割麦打场子”。老家那不叫它“福凉子”，因为大的蝉叫声是“叽溜——叽溜——”，小的蝉声是“叽嗷——叽嗷——”，所以，老家把大的蝉叫“叽溜子”，小的叫“叽嗷子”。

或许是雨声！落在老家从这墙到那墙的晾衣绳上，打在老家你儿时亲手栽的山楂树上，溅在老家的屋瓦上，敲在老家门前的石磨上，滴在老家酱缸的压菜石上……

无论你是谁，无论你身在何方，那声音会让你惦念。

老家也有这样的一种味道。

或许是老头身上的旱烟味，或许是老年橱柜里的腌豆味，又或许是

“榆树饼”，我只吃过一回，用棒黍面子和榆树叶子烙成的。那时，老家还有个奶奶，她指给我看那榆树旁的矮土房，总是说，无论你走到哪，这都是你的家，你的根。

老家还有这样的一种话！

“该派！”

昨夜沟边的一棵桑枣树被刮倒了，一个人从那走过，被砸断了一只腿，那是“该派”！

在老家的小沟边，夕阳拉长的倒影被落在水草上的一只鸟儿拨动，小蝌蚪在摇着尾巴，坐在野花地上的小孩子正在用手捉它们。这些孩子生在这！也将死在这！这也是他们的“该派”！

老家人信命！福？祸？那是“该派”！

老家，老家！

还有这样的一处地方！

在那墙根下，在那碎砖旁，有你亲手埋过的葫芦籽！

在那墙缝里，有你亲手塞进去的纸，纸上写着你的秘密！

在那门槛边，有你母亲为你流过的泪花！

在那小沟旁，有你忘记带走的纸船！

在那石磨上，有你刻过的字！

在那倒掉的白杨树上，有你碰出的伤疤！

在那弯弯的月亮下，有你高声唱过的歌，有你低声说过的话！

……

其实，以前我也没有“老家”的概念，当然，当看见古人用“螓首蛾眉”“蛾翅眉”“卧蚕眉”来形容人的时候，总觉得纳闷。喻体那么多，风花雪月，秋收冬藏，为何偏用“蚕”“蛾”来形容呢。后来，我明白了，原来，用“蚕”来做比，不为别的，只是因为那是家里的常见，是活着的相伴。

所以，在寒风里，在高楼映衬下的田头，当你看见一个老头，穿着洗尽光泽的衣服，倚着锄头看那渐渐落下的日头的时候，请不要问他：你脚下的地，种出的菜，长出的豆子，能值几个钱！

因为，他的家，在那田头边，在那瓜藤旁，几亩地，二间房，上面跑大了他的儿女，染白了他的头发。他生在那，也将死在那。

去瞧瞧夕阳

当天上的小画家睁开了它的眼，在光秃的柳条身上点了一排均匀的点的时候，当我问的是你的心事，你告诉的却是西沉的夕阳的时候，当风改了它的脾气，变得轻声细语的时候，当我走过千山万水去找你，你却藏在影子下面的时候，当我在惊讶第一声鸟鸣，而你无动于衷的时候……

我知道，春天来了，春天的夕阳也来了！

周作人先生在《艳歌选》里转录过一首诗，真应景！

《其七》：门前樱正发，何事系君驹？君驹嘶且跃，花飞满庭衢。

我想，春天的夕阳就在这诗里。虽然，家乡没有樱花，但桃花、梨花却是寻常见的，家乡也没有驹，但柴犬却是每户都有的，且也常系在树下。桃树、梨树下常有口井，井身上贴着写有“川流不息”的红纸，在春天的夕阳里显得格外鲜艳！

是夕阳艳了！这惊了那柴犬！也惊了这满树的花！

春天的夕阳艳，而夏天的夕阳让人觉得红。红得像要把自己的脸撑破一样。人在田地里，它能把你看个真切，让你躲在木匣子的屋子里也不得安生。

秋天的夕阳，与夏天的夕阳又不同，它包裹着霞！还有，最不同的是，秋天的夕阳到处是影子！而且影子长长的。一排排白杨树的影子，瓦房的影子，篱笆的影子，桃树、梨树的影子……

到了冬天，夕阳就很白了，如果人来到大河的岸边，眼前的一切定会让他禁不住屏息起来。

风呼呼地，树光秃秃的，夕阳像是一个局外的看客，突然温柔起来了，只把自己悬在西边，不再打扰东边这沉睡着的一切。

虽然冬天的夕阳做了隐士，但人如果远远望去，河面上有时却像是镀了一层冰，白白的，晶莹剔透，没有一丝霞的影子！

……

过了冬，自然盼得春了。盼了春，自然忙得夏了。忙了夏，自然悲得秋了。活着真好！

那一束狗尾巴草

在秋天的哪一天，我忘记了，只有那一排排白杨树的倒影留得真切。当然还有，满地枯灰的落叶，脱去了青衣的藤条。

是傍晚时分，夕阳把一切的影子拉得好长，铅条编成的篱笆里，长着一片黄竹，还有一块空地。

秋天还没这么深的时候，空地上是一畦畦的黄豆秧，从绿色到黄色。

真没想过秋天已经这么深了！黄豆秧薅去了，竟留下密密的荒草。

荒草地上有一个人！一个小姑娘！不大，十岁的样子，正坐在黄竹旁的石头上编什么东西。

我本是想走过去瞧瞧，却被一个老婆子的喊声打扰。顺着喊声瞧去，在西边白杨树林里有一个小屋，小屋烟囱冒出的烟飘在林子里。

小姑娘像是受了惊，手里编的东西扔了一地。小姑娘站起身来，脸迎着渐西的夕阳，朝那个老婆子挥手，并跑了过去。

可没跑多远，小姑娘又跑了回来，弓下腰，一个又一个地，小心翼翼地把她刚才丢开的东西又捡了起来，握在了手里。

在那夕阳里，小姑娘四处打量着。

终于，她望到了我。

在我身前的一块大石头上，小姑娘把她手里的东西轻轻地放在上面。这时，我才知道，小姑娘采的是狗尾巴草。她正用狗尾巴草编小兔子、小狗。真没想到！以前，我一直以为狗尾巴草是春天的，跟其他小草一样，是春天的信使！没想到它也是秋天的！小姑娘放好那束狗尾巴草后，用像是要托付某样贵重宝贝的眼睛望了我一眼，接着她跑开了。那眼睛大大的，像是在哀求我，请我好好善待这束狗尾巴草。

我，在那夕阳西沉的秋风里，在这迎来送往的人生里，轻轻地俯下身子，拿起了那束狗尾巴草，等我再去看那个小姑娘的时候，她跑进了夕阳里，跑进了那片落满枯叶的白杨树林里。

我呆住了，望着那夕阳，想着那双眼睛，仿佛自己明白了什么似的！

大槐树下的草房子

在儿时的记忆里，有一棵大槐树，高高的，长在那些青砖红瓦的瓦房之间，显得很显眼。在那棵大槐树下，有一个草房子，矮矮的，也在那些瓦房之间，显得很另类。

每次路过那里，倘若是春夏时节，我便会爬到槐树上，骑在树丫间，捋槐树上的白花来吃，用槐树的叶子吹曲子，折槐树的枝条编小船。

倘若是秋天，我便骑在那棵槐树下，看那个草房子，看草房子里住着的老太婆，看她用小斧头劈树根，看她整理瓜架，看她喂鸡，看她坐在门前，看她看的方向。

倘若是冬天，下点雪的时候，在白茫茫的天空下，那个草房子显得格外的孤零零，雪铺满了稻草的屋顶，落满了槐树的枝丫。老太婆呢，在这个季节，总是穿着棉衣，戴着灰毛线织成的帽子，站在那棵大槐树下。草房子的烟囱冒着烟，每天傍晚的这个时候，老太婆总是站在大槐树下，看她看的方向。

有人说，这个老太婆是在望她的儿子。

她的儿子呢，在那年的夏天，在这棵大槐树下同她说，要下河洗澡。之后，就再没回来。

老太婆呢，在她儿子走后，每天都在傍晚的时候，在草房子烟囱冒出火光的时候，总在那棵槐树下埋怨自己太唠叨，让她儿子烦。

旁人问起她儿子时，老太婆能讲出她儿子一百个好来：

“槐树一样结实的胳膊，槐树叶一样密密的头发，槐树花一样的脸，敢在河里扎猛子，敢到树顶掏鸟窝……”

于是，当细雨纷纷的时候，在那棵大槐树下，在那草房子下，你会看见那老太婆，她站在那里，望着她看的方向；

当微风吹来槐花香的时候，当囱烟飘在飞雪里的时候，当夕阳把树的影子拉在草屋檐上的时候，当鸟雀叼来树枝搭窝的时候，在那棵大槐树下，在那草房子下，你会看见那老太婆，她站在那里，望着她看的方向；

……

后来，这个草房子被推倒的时候，是在老太婆死后的一个春天，槐树开满了花，庄里的人都到树下去摘槐花来吃。

在那些吃槐花的人群里，有人说，老太婆的儿子其实早就淹死了，只是不知道被河水冲到什么地方去了。老太婆不相信，硬生生等了她儿子五十几年，每天傍晚都到这棵槐树下，等她儿子回家吃饭。

……

老太婆死了，但她帮她儿子多活了五十几年，因为只要老太婆活一天，她儿子就能被人记住一天。

后来，每次回老家，再路过那棵老槐树的时候，我总是想，无论遇到怎样的苦难，人总要给自己一个安慰的！毕竟人要活下去！

含着泪，也要活下去！

去看看冬天

每到冬天，无论下雪还是不下雪，总能听到有人埋怨，“这也叫冬天！”

是的，与小时候的冬天不一样，还能叫冬天！

小时候，那时的风真叫西北风！因为瓦房矮，无论你是站在小巷里，还是屋檐下，风都能把你吹个真切。真真的“小刀子似的”。

最好不要到夕阳西下吧，不然，小小的人儿真不知道要把心安放在哪儿了。看，小河边的芦苇被风吹尽了青色，慢慢地打理着它的白发；看，光秃秃的树林子里堆满了深秋落下的叶子，在夕阳下投下一道又一道的影子；看，那缕从草房子吹起的囱烟，慢慢地飘，飘在老槐树上，飘在夕阳里。

在那夕阳里，轻轻地嗅，有“冬天的味道”，说不出的一种味道。或许是那秋天的种子藏在土里发出的，又或许是夏花的香浸在瓦墙里散出的，又或许是春天的风，调皮地早早地跑出来的。

冬天总要下大雪的。

白天的时候，就是白茫茫的一片。好像天上的小神仙被指教学画画，于是他恼了，胡乱地用他的小手挥着白色的彩笔。他把彩笔画在树林子里，画在人家的后屋脊上，画在小河边的枯草上，画在光秃秃的田野上……

夜里的时候，女人们在昏暗的煤油灯前绣鞋面，小小的人儿在灯焰倒映的窗前幻想着屋外的一切，想着：月亮也围上白色的围巾吧？不然它跑到哪儿去了？男人们呢，怕要到深夜才归家，他们在那彻夜亮着橘黄的窗子里打牌。

在这下雪天，也最好不要雪住了，太阳出来吧，不然，到了太阳落到西山的时候，有些地上和树上的雪像披上了一层金光。鸡入了圈，烟囱冒出的星光飘来酒香，白天屋瓦边化下来的雪水冻住了，一串一串的。

在这景致下，你的心无论是如何的坚韧，都会变得柔软。

这便是我儿时的冬天，或许也是你儿时的冬天。

她们会活着好好的

朋友，你是否与我有同样的感受？

在时间的荒漠里，我们是不是走着走着，就把岁月过得昼夜不分了？

还记得小时候吗？

特别是冬季的清晨，还没有阳光透过窗子扶起你的时候，你穿起衣服，窗外的天仍旧是黑的，挂着的灯盏也没有被天上的仆人摘去，在那样的天空下，吱呀一声推开门，小小的人真的要尖叫起来：

白霜睡在枯草上，还没睁开它那晶莹的眼，东边的树与屋墙失去它先前的青色、红色，像是被人画在灰色的天边一样。

这样的清晨，最好不要下雪吧！不然，小小的人儿真的要把心软化得像棉花一样了。

看，雪下在笆门上，下在屋檐上，下在草堆上，像是谁把天上的云全部捧下来一样。

在那个时候，上学是小小的人最喜欢做的事了。没下雪的时候，小小的人就在旱沟里跑，不去走大路；下雪的时候，小小的人就折一根树枝，一路打落在枯草上的雪。真开心！

当然，无论多开心，一个人去上学是没意思的。那时，无论什么季节，小小的人都喜欢结伴而行！有时，小小的人就在那村头的槐树下等，等张家的哥哥、李家的妹妹。

那时，我也小小的，也喜欢等小小的另一些人，结伴而行。而在结伴上学的人中，有一个小女孩令我忘不了。

她叫燕子，这个名字的由来，可能是春天出生的缘故吧。

我和燕子很要好，我们经常到河坡上揪节节草，也经常到河边看翠芦莉开出的紫花。有时，我会揪下枫杨，然后舔上口水，把枫杨卡在她的鼻梁上。

她家在一片竹林的旁边，矮矮的屋子旁边用竹篱笆围了个鸡圈，在那鸡圈的南边是一片油菜花地。到了三月的时候，燕子就带我去看油菜花，有时躲着她母亲掐下油菜花的茎给我吃，我也躲着她母亲把油菜花插在她头上。

有时燕子很开心，只要她开心，她就叫我坐在竹根上看刚出的竹笋，教给我如何爬到竹子的半稍。

有时燕子也不开心，特别是油菜花开的时候。每当那个时候，每次我去都会看到她蹲在油菜花边的石头上，手里拿着刚掐下的油菜花哭。

每年那个时候，到了傍晚的时候，小小的人儿都到了一块，在燕子家旁边的竹子里追。边追，那些小小的人儿就边嘲笑燕子：

“燕子，燕子，三月到了，油菜花开了，你爸呢？又疯了吧？”

“燕子，燕子，你爸是疯子！被油菜花精缠上的疯子，不然，油菜花不开，他也不疯！”

“……”

我知道，每年三月，燕子都要大哭一场，燕子哭时，燕子的妈也跟着大哭一场。

那时乡下的夜，黑的时候真黑，亮的时候真亮。亮的时候，如白天一样，月光能把白杨树影投到地上，人可以辨认出每一个星宿。

就在那样的一个夜里，在满天星斗的三月，燕子忽然一天来到我家同我道别。她那天带了一大束油菜花。我们坐在村头的大槐树下，她告诉我，她爸疯透了，晚上都拿着刀，把她妈妈追到竹林里，嚷着要杀人。她妈妈真的熬不了了，没办法，只能另嫁他人。

那天傍晚，我望着大槐树里的星光，虽然人是小小的，但心里却有一阵阵的忧伤。

第二天，燕子就走了。燕子走的那天，油菜花开满了田野。

打那以后，我就没再见过燕子，也没再见过她的妈妈。这样想起来，一晃这么多年过去了。不知道她后来怎么样了，她妈妈怎么样了。

虽然心里惦念着燕子，但我想，燕子，还有她妈妈，她们会活着好好的。上天再不公平，它也不会让一个人永远受着苦。还有，我想，无论你情不情愿，油菜花总要开，人也总要把日子过下去！

再比如那个疯子吧，依旧活着好好的！

擦　肩

一个划篦齿的女孩，
曾住在我家隔壁，
如今只活在这句话里。

秋　风

姑娘在河边看影子，
风吹掉了她的红头绳，
吹散了芦苇花。

第五辑

活着的姿态

其实，我要的生活很简单，能惬意一点便好。就如小时候，惬意得可以听到那些被我时常怀念着的声响：

春天，密密的芦苇荡里那细细的哗啦声；

夏雨过后，包裹着屋子的『四面蛙歌』；

秋天，头顶落下的阵阵雁鸣；

冬夜初晴，一排脚印，便知那一下一下踩雪的吱吱声。

墙头草

在父辈的旧年里，墙头大多是用泥和碎麦秸、谷壳垛成的，易生草。所以，倘若一家墙头长满了蓬草，那多便是荒芜的人家。

后来，到了我的儿时，虽然有了烧砖窑，但盖墙头还是要用泥来黏砖的。由于泥的缘故，雨后长出青苔是免不了，有时墙头上还会长出几株草来。

那墙头草，

——“如此脆弱，不扯它，也两边倒。”

小孩子在旁看着母亲扎着稻草人，用手里的柳条砍去了它的头。

大风来过。

大雨来过。

可，在一个歇雨的清晨，去瞧，——草湿湿的，根上的泥已被雨敲掉了，露出一半的白根，在细细喘着气，点着齐整的头。

多么顽强呢。

但，此时，切莫端来板凳，把它移栽到地上。因这是它自己的命运，与旁人不相干：或被鸟儿们压断，或过早旱死，或随墙头倒掉，或烧死在墙根的稻草里。

……

皆是它的该派。

但，它这么坚韧着，若命运让它在秋天里自然地枯死在墙头上，只要它的种子会飞，那这些种子定飞得很远，很美！

一点寂寞里的话

一

又来到那粗茂的梧桐树下，
大雁从头上飞过，
小门紧闭着，
一个人掐着台阶两边的石榴梢不敢上前，
——轻念一声“大雁”：
“请你落在那青瓦上看看，
我那心爱的姑娘是否已嫁了人家？”

二

又见到那宁夏的朋友，山里的年轻人早已出了外，村子漆黑的夜让人想到鬼。连那仅剩的窗亮也不再可爱。依他说，离他所在村子不远有处“寡妇村”，那儿住的只有妇人及孩子，她们那些不是掌着命运的男人们因贩卖大烟坐了牢。他说时带着一丝沧桑的玩笑，可我却很忧伤。因这一切的发生，皆由对现状及命的不安分，没个好托生，便只有用略显野性的手段来除去“坏命”的胎记。只是他们很不幸，这一生让正经人磨牙，在庸庸默默里死去。可是，这“挣扎”错了？

我得不到答案，因我同少数人走另一条路：

—— 一个人最痛楚的是，到处为这个世事所磨，可他却努力找出这残酷世事所拥有的美好……又，或许他就该这么做，因只有如此，他才会挣扎出一点力量来。

三

这是一句旧话，可不是“老鸹子臭嘴”：

你或许还年轻，可此刻，“请回头看你的过去，因那便是你的这一生一世”，以后的，衰老，死去，仅仅是一个镜子到另一个镜子的时间。

四

夏日，到晌午时，落了蛋的抱窝鸡叫最让人乏困，这似从小时候便有了这情节。你或许也有过，可小麻雀“嗑”瓜子，你可曾见过？那是一件恼人又可笑的趣事，因瓜子壳开而不坏，其啄状也惬意。那小嘴的功夫，连晒瓜种的人也只有笑，——“脱下草帽罩着罢”。

五

“孩犬逗夜蝉”，自然是夏夜常见的，于是，一个人在屋子里也不免敬佩墙边蝉的好嗓子。上些天阴雨不歇，我还怕它被耽搁了，想起儿时在秋叶堆里拾起的黑身大霉蝉。自是多虑了。

也不知何时，夜静了下来，虫鸣更亮了，东边有死了人的，吹鼓班子里的女人凄切的声音也传过来，惹人忧伤。这儿的丧事在出棺的前一晚是如何热闹，在入土的早晨又是如何的肃然凄清，使人无奈。于是推开门出去，在家院里听那只虫鸣，一抬头来，看到满天星子，不免要落下泪来。“一颗星管半夜，两颗星直管睡”，自是旧年对阴雨天过去的祈祷。如今的满天星子，是多么美好。自己常想：一个人若能在家院里，躺在竹藤椅上，望着帐钩月、木香星死去，当然，最好天下些凉凉的白霜，该是一件多么幸运的事呢。可让人想到死这寂寞里的事，还是那女人的凄声。这层忧伤，还有星子下的孤独，让人更寂寞起来。寂寞呢，也总会让一个挣扎在前途选择上的人感到怀疑与迷惘。这个人该是如何需人来听他的诉说，摆脱这寂寞里所产生的胡思乱想。可是能为他酸楚诉说把情感倾注的人，在这人来人往的世上，是如何的难觅呀。于是，这夜更寂寞了。

过片刻闲适

早晨六点五十五分，还有五分钟看早读。听一听不合我这年龄的《断桥残雪》。同事向我抱怨今天的生活，我倚着椅背，用手枕着头，眯着眼睛点头。她的话，我一句也没听见。

如此，过片刻闲适。

夏季来了，下了好几天绵绵细雨。今天也未停。找一棵茂密的梧桐树，在树下站着，不打伞。看雨像雪一样地下着。自己也如同置身在画中一般。

如此，过片刻闲适。

夜里十点钟，楼下有人吵架。声音很大。难以入眠。轻轻拉开窗帘，打开窗子，竖起耳朵仔细地听每一句话。原来，楼下的女子被她丈夫打了。她娘家人来了，又把这丈夫打了。自己趴在窗台上，生怕漏听了一句话！

如此，过片刻闲适。

有一天，院子里许多株月季开了。女儿很小，要数月季有多少朵。

一朵、两朵、三朵……女儿数，我也跟着数。数着数着，女儿数乱了，又从一开始数。一朵、两朵、三朵……女儿从头数，我也跟着数。

如此，过片刻闲适。

黄昏时分，读一读唐诗，读到“呼龙耕烟种瑶草”一句，入了神，望着西边的云，自己倒变成了王子乔。

如此，过片刻闲适。

夏天来了，春天走了，这么无声息走了。想一想，春天刚来的时候，看见大雁列队往北飞去，远处的黄柳长出朦胧的一层青雾。那时，幻想着带女儿去吃“扛板归”“蛇葡萄”的野果，去挖巴根草的根，去揪枫杨，舔点口水粘在彼此的鼻梁上。然后，教女儿那浓如蜜的香花叫“含笑”，那做篱障的花藤叫“木香”。

如此幻想着，过片刻闲适。

鸟雀低飞的时候，与老朋友开轩闲聊，看云卷云舒。下傍晚时分道别回家。行至家门，下起滂沱大雨。如小时候一般，倒放三两瓷盆于雨中，做音乐之享。

如此，过片刻闲适。

有一回，信步闲走，过一荒僻之地，看见一棵桑葚树。桑葚红的红，黑的黑。见四下无人，笨重地骑上树枝，大嚼大噬起来。

如此，过片刻闲适。

现在，窗外又下起如雪的雨。寂静。惬意。学古人写一些文章。其中一篇文章叫《过片刻闲适》。

如此，过片刻闲适。

摘来沽酒君肯否？

小时候家里很穷。

有时，看到别人一年四季都能吃到苹果，很羡慕。而我吃的苹果，只有在农历七月这一个季节里可以吃到。

有时，看到别人一年四季都能吃梨，也很羡慕。因为我吃的梨子，是在秋雨刚歇的时候，从芦苇旁边的大梨树上掉下来的。那梨子有的摔烂了，有的里面还有虫子。但是，那一回，是我吃梨吃的最尽兴的一次。

当然，我很感激那场秋雨。

虽然，我感激秋雨，我也常到那棵梨树下徘徊。但，更多的时候，我不愿意秋雨的到来。

因为，“丁丁漏水夜何长”的时候，小小的我就会站在小板凳上，听窗外的雨。雨打在窗外的叶子上，也敲在我的心上。我，在心里，祈祷那雨快些结束。

因为，我盼望着一个人。一个老头。

这个老头不知是哪个地方的，每至夏末秋初的时候，他都来，骑着破自行车，车上绑着一个大口袋。

他是来收知了壳和栝蒌根的，听说知了壳和栝蒌根可以做药。

为了等这个老头，我已经忙了一个夏天了。

每一年的夏天，无论天气多么炎热，我都会扛着一根长长的竹竿，去拾知了壳，有的知了爬很高才从壳里出来。需要用竹竿把它打下来。

还有栝蒌根。有时会把别人家的泥墙头挖倒了，有时会被藤草划伤。

乐此不疲。

经历一个夏天，我会拾满一个大袋子。大袋子里装满了知了壳和栝蒌根。

接着，剩下的就是整天盼望了。每天提着那个袋子，在村头的老槐树下，等那个老头。

有时，老头来了，我会换得两块钱，有时，我会换得五块钱。无论钱多钱少，我都开心。因为有了钱，我就能买好吃的东西了。所以，每年夏末的时候，我都盼望着，盼望着那个老头。

最后一次见那老头，是在那年的五月麦口。

真没想到农历五月他就来了。这时候来，他不是来收知了壳，也不是收栝蒌根。因为季节还没来。他还是骑那辆破自行车，喊：

“收小辫子，有小辫子来卖！”

那年我仍小小的，听到他的声音，我吃惊地跑到路上。我自然是没有小辫子的，呆呆地站在老头的面前。

老头看我望着他，便吃力地挤出笑容。

我仿佛想到了什么，急忙跑回家，从父母刚丛起的麦堆里，抽出一束麦子。

抱着麦子，我又急忙跑到路上。

我把那束麦子捧给那个老头，说："我要用这个换钱！"

老头听到我的话，先是一愣，接着笑着从我手里接过那束麦子，从他怀里的布袋子里，拿出皱皱的五毛钱。

我拿着那皱皱的五毛钱，高兴极了，飞快地跑到商店，买了几块糖。

等我在黄昏时分回来的时候，我看见那老头仍旧站在那个路口。没有人去卖辫子。因为这是五月麦口。乡下人都收麦子去了。我不知道老头那年为何来得那么早，也不知道他那一整天会不会赚到五毛钱。

在那夕阳与野花的映衬下，我望着老头，望着老头自行车上挂着的那束麦子，觉得很心酸。

从那以后，我再没见过那个老头。

后来，我读岑参的《戏问花门酒家翁》：

老人七十仍沽酒，千壶百瓮花门口。

道傍榆荚仍似钱，摘来沽酒君肯否？

读着读着，诗里的事，诗里用"榆荚换酒"的话，又让我想起儿时用知了壳与栝蒌根换钱的日子，觉得很亲切。

原来，有些记忆是根植于我们心中的，等待我们某一天去唤起，想起来苦涩而又温馨。

“水笑”引来的感想

我的家乡有一种说法叫“水笑”。水即为泪。大人吓孩子时皆这么说，如：“你笑啊，你笑啊，一阵儿叫你水笑。”这是极扫兴的事，且不道德。更莫说果真把笑着的孩子打哭。要知道，小孩子是极天真的，情感便极易被大人摆布。就如换牙时，大人说，上牙掉了，你一定要扔到屋顶上；下牙掉了，你要扔在床底下。小孩子信了，果真这么做。于是，对于那些野孩子，被大人用竹竿打了，忍着泪不哭，掖好裤子，又窜到树上去，我赞美他们。孩童时的自己呢，实在不谙世事，整日里只愿到小河边寻一块瓦片，在田头去吹不响的紫牵牛花，会坐在踩实的台阶上瞧河面淌过的青草。偶尔因河边的田里挖出几具棺材而惊奇，偶尔会被大雁的南飞吸引而大叫。

孩童是生命的开始，是一个人最美好的年龄。他们的笑是天真的，至今仍想到那首儿时边画“死人头”边笑着说的儿歌，虽已记忆不全，但凭印象写在这里：“大字不出头，两眼独溜溜，三天不吃饭，变成死人头。”这首诙谐的儿歌让我想到了二爷家的哥哥。二爷家临河，哥哥从东边大河里偷了只船来，还砍了根竹子做撑篙。夏天人懒得出门，哥哥便躺在舱里睡大天。醒了，脱了衣服便往河里跳。以前，过河绕桥嫌远，哥哥举着衣服浮过去，如今将船横着，便可到河对岸。哥哥摸鱼是好手，顶着瓷盆，拎着铁桶，扛着铲子，来到小沟边，将裤脚捋到膝盖上，把小沟打上沿拦成几段，刮水逮鱼虾。还会掏虾窟，若不走运，会让蛇咬上一口，哥哥是不怕的。到晌午时，能摸满整桶。回到家，哥哥会捏小鱼来晒。秋天，垄田旱沟的草皆枯了，哥哥带上画有宝塔的火柴去烧火玩，有时还将老婆子丛的小草堆给点烧掉。若遇垄田里有新土坟，哥哥便撇下胆小的，跑到田间，撑开纸伞玩。冬天来了，雪落满了冒火星的屋顶，桥上的汉子们穿着高木屐回家捂被窝。河里结了层厚冻，哥哥穿着秋衣，把定桩的大铁钉找来，用斧头夯，硬是将冻砸出桃枝粗的洞。在这白天，他正坐在冻上，让人推他滑冰。有个汉子过路，留了八字胡须。哥哥见了，便说："小胡子好玩，想摸一摸。"那汉子以为哥哥说着玩，便俯下身子。哥哥笑着猛地一薅，把那汉子疼得直跺脚。那时，奶奶的老屋墙边养鸡，用渔网拦着废青砖砌的鸡圈。奶奶会聚鸡蛋卖点钱。曾记得她托人卖了用花布盖着的一篮子鸡蛋，只换回三张皱得可怜的五毛钱。一天傍晚，哥哥从鸡圈里摸了个鸡蛋，被奶奶看见了。奶奶戴着手织的灰帽子，急忙追过去拽着哥哥的胳膊，要鸡蛋。哥哥背过身，一会儿，才用生气的表情，说："给你。"奶奶接过鸡蛋，用手掂了掂，鸡蛋轻了，奶奶再细瞧，鸡蛋壳上有个小洞，里面已空了。哥哥见状，不顾我母亲要他薅麦秸盖的葱过过嘴，像兔子般跑了。奶奶笑了。奶奶是夏秋时死的。"一天事"上，孙子们跪在灵堂里烧纸谢礼，轮我同哥哥。哥哥嬉笑着玩了会儿黄纸，便跑到庄里摸熟去了。

以上记着的这点旧事里，虽多了层对岁月人事变迁的无奈，但哥哥所代表的野孩子展现的却是人的一种原始自来的天性，是健康不为世俗所染的野性。毕竟缩手蹑脚地活着，是被世事束缚，不值得赞美的。且那些表面谦和心怀嘲讽的人是掺杂着一点人为标榜的所谓高尚的。他们的喜怒哀乐便自然为标榜的所支配。所以，虽每个人皆有受其出身等命运的驱使，但我们应该保护孩子的这点天性，毕竟一个人只有一次的生命，自然而来的天性不复再来。只要活下去了，该到承受责任的时刻，因经过了这么多数不尽的进化年月，生命自然懂得。便更不该把成人的责任或所谓的标榜强加给一个孩子。若这么做，这个成年人便是个怯懦的人，因他竟要孩子为他担当生命派给他的那点责任，更别谈让孩子成为他的骄傲这样的做法。孩子是美丽的生命，不该成为成年人荒废责任、争夺世俗里一席地位的工具。或许有人认为，人活在世事上，有许多无奈，有可惜。成年人走错了路，这失败的经验该强加给孩子。但很多人忘了，有些人是为挫磨所生的，被挫磨便是他们生命活着的印迹。苦难也是一种生命状态。要知道，无奈、可惜无处不在。不然，人大可以不要这双湿湿的双眼。且什么是过得好？享受？快活？皆不是，这是世俗的标榜。只要活下去，便是好。还有，要知道，孩子的美好时光太短，人告别孩子后，在忧虑、无奈、苦闷、对生命短暂惆怅……的情节里活着的时间太久，且没有成年人能拒绝这些。我们为何不让孩子懂得生命里有这么一段时光，其中只有欢乐、自在，黄昏也只单纯是个该结束玩耍的时刻……呢？给孩子他们的天性吧，因责任来到后，苦难、生命已逝等所代表的苦难时光实在是太久了。况且，要一个生命从他孩子时便忍受这些，实在是太残忍了。

岁　月

曾有一个孩子，在四月里伸出舌头，说：

“絮，

是活在夏天的雪！”

后来，他长大了，他望着月晕下的影子，说：

“雪，

是死在冬天的絮！”

家乡的丧事

清晨，你若被哭声惊醒，莫怕，这怕是有人死了。倘若是扯上近的亲，得去拜。那家门前早已站着头戴享帽（当地对白布缝做的孝帽的称呼）的人。在偏屋里，有群姑表亲的女人在剪白布，裁缝白帽。理事的是给这儿操办多场的老头，平常毫无地位，可这时，一切都听他安排，他说："戴上享帽，去到堂屋前磕个头。"堂屋门前有蒲墩，西墙边睡着让穿好寿衣的人，脸上蒙着黄纸，头边那个替这家烧纸的人正用蒲扇驱赶蚊蝇。磕过头，还得进堂屋，陪被丢下的人坐坐。若被丢下的是女人，她会听人嘱咐，用哭腔背一些话。不一会儿，大孙子系着麻绳进门来，她止了哭，把死者"显赫"的遗嘱说一遍，仿佛她以为显赫要比死来得大。死者的女儿也凑过来，把这从未受苦的死者说成"在世上很不容易，辛苦一辈子。死前那痛苦的样子，真是操劳的命"。

这些，院门前的那些人不管，只在闲聊。"昨儿见到三个老婆子，加一块，二百六七十岁，抓着板凳，弓起腰，脸上的皮能拉到这。我问她们，她们说，没用了，尿也尿不出，吃又吃不动，却还老不死。"听这话，一个干过文书的人应承说："活八十岁就活够了，娶媳妇再漂亮，那时又怎么样呢！还不如武大郎，二尺八的高，三尺八的腰，睡几年阎王爷的女儿，随她把自己的魂勾到西天去。"院边的桃树下有人站着，插嘴说："不愧是在镇上写过文书的。"此时，财大气粗的且有开玩笑本钱的人则笑说："他还能写文书！让人找写讣文还差不多。"

第二天，按时地，死者闺女们需出门哭上几次。大孙子提着小马灯，一些女人尾随其后，在哭喊。从家出去，哭到乡间偏僻的一处十字小路口，绕着破木桌子转，边转边哭。这木桌子会被席子围着，木桌子上放着白碗，白碗里盛着生米，生米里插着正燃着的香。这木桌子围成的东西，乡下人叫它"土老"，是为了祭拜土老的。有土老，就会在埋前的晚上去"送程"。哭转后，集体磕上头，便原路哭回家。这才算一次，乡下人叫这为"送汤"。至于，给吹鼓班子搭的棚，席上用的板凳，都已在昨天办妥当。

第三天，忙事的起早皆置办席上的酒肉了，抓上三十条鱼，则表示这家有近三十桌的人。若逮七十条鱼，那这家有的地位可就更高了，即便不是，该也是大家族。这天，闺女们依旧按时到土老那去"送汤"。过晌午一点钟，即便天下了雨，吹鼓班子也在棚凳上把送亡的调子吹起。给第四天来宾的棚已搭好，顶上存了不少水，几个汉子正用竿在捣。这时，理事的老头已布置要"送汤"了。此次是最后一次，故又叫"了汤"。等到"送汤"时，理事的老头便站在吹鼓班子的棚凳上，喊："要去送汤的，赶紧去磕头。"不多久，戴享帽的男子，还有束足披孝的女人，皆去院子里的灵堂。男子磕头，子孙得拿上裹白纸的哭丧棒，亲的得拿上未揭皮的哭丧棒。仍旧是大儿子家的大孙子提着燎黑烟的小马灯，其后是成家的孙子、儿子、女婿，此算一段，接着，孙女、女儿，及其他亲的女人。这种尊卑前后，在丧事的仪式上是极浓的。要提及的还有大儿媳妇，她得提着水壶，拿着“领魂旗”。留下看家的人，则要收拾木凳，摆上酒盅筷子，等“了汤”的人回来。闲了，这些人围坐在桌边，看前面提到的文书写字。先前，几个人撮弄文书去要些烟，文书也假信了，借“黄水稀了”来磨蹭。如今，那几个撮弄的人则催文书快些写，因在送汤人回来前，那面铭旌布将挂起来。于是，文书不再跟人闲扯，也不讲究“耄寿七八十，只写享寿该不妥”，在那画有过海八仙的红布上，用蘸黄水的毛笔写道：“故显考 × 大（×）公享寿 × 十（又 ×）岁之铭旌。”

不多久，请来的厨子做上饭，回来的人及吹鼓班子入了席。饭后，吹鼓手更卖力，不单吹唢呐，更有男女唱。这叫“哄棚”。

第四天，叫“一天事儿”。唢呐吹得最响，亲朋皆来入账，亲些的，内侄（表侄、姻婿等）得把名字及上的账写在白纸上贴满墙，落上 ××× 叩拜（拜尊等）。这天，未成家的孙子轮流跪在摆的灵堂两边，来一个宾客，跪着的那两个孙子需在缸里把黄纸烧起，随着宾客磕头，谢礼。以前听常州小贩子讲过，他那有个风俗，在人家丧事上，可以去白吃白喝。很难想象，在布有灵堂的院子里“蹭饭”，是甚心境。

下午席刚过，理事的老头就要忙活“送程”的事了。（小时候，看“送程”是热闹的事，满路的人，我只能骑在父亲的脖子上，方见一二。）到傍晚，忙事的人分工好，把路线定下，便开始“送程”。走在前面，在路的一边上，有提装有黄纸笸斗的、眼角有疤的袁疤眼，姑表家的男子及凑热闹的人。路的另一边，才是大队伍，依次有，举着还未点着的两火把的两人，边上抬油桶的两人，吹鼓班子里的几人，拿四个“西河堂”的四人，抬纸花轿的四人，边上抬汤桶的两人，拿哭丧棒的，提小马灯的，成家的孙子、亲儿子，兄弟家的儿子，儿子的拜把兄弟，其后便是很多女人，有女儿、儿媳、孙女等。送程队到了“土老”那停下，花轿搁在路中央，理事的老头领着带头的小孙子带队伍围花轿绕上两圈，于是，送程的人跪在地上，将花轿围在中间。在这边上，有个孩子举着用白布绑艾的竿子。虽说是丧事，来看热闹的人很多，听说有说喜话的，便嚷着问是谁，却是白头胖身的小五佬。起先是“说”，小五佬有些害羞，断续不显利索，说：“这是 × 大公，叫 ×××，× 十又 × 岁，家住 ×××，一生勤俭节约，奉公守法，乐善好施。”接着是“唱”，他唱声有些老哑，听者只记得几句“……黄泉路上莫给他罪受啊”“黄泉路上无大小，谁都不免走一遭啊”。还未唱完，理事的老头叫吹鼓手将唢呐吹起，小五佬便止了，若有人再叫他唱，他便笑说：“说喜话，也没有叫好的，不唱了。”忙事的人把围“土老”的席子拆下，从袁疤眼拿的笸斗里抓出把黄纸，放在地上点了着。举火把的人将竿头裹着的油布放在火上，也点了着。“送程”从这时才真正开始。依旧是举火把的人开道，花轿边上抬汤桶的两人，边走边泼汤。

到小路口，吹唢呐的人把调停下，若有人“拦唱”，吹鼓班子里的男女们就会对唱。也是先“说”：

“哥哥啊，你这是往哪去？往东还是往西？”

“妹妹啊，哥哥不往东也不往西。”

“哥哥啊，那你是奔北还是奔南？”

“妹妹啊，哥哥不奔北也不奔南。”

接着男子将手里的唢呐吹响，女子再“唱”：

“哥哥啊，你这也不去那也不去，到底要到哪里去？”

“妹妹啊，我这也不去那也不去，只到你的床上去。”

“……”

严肃地说，这世上，真正卖唱的就只有他们了。他们就这么唱，直到理事的老头催吹鼓手把送程的调子吹起。有人问：“这是《孟姜女哭长城》的调子？”袁疤眼一副自信地说：“不是，若是，应这么唱：正月里来正月正，家家户户挂红灯啊。人家夫妻团圆聚，孟姜女的丈夫去修长城啊。二月里来龙抬头，多少翁姑接亲人啊。人家夫妻团圆聚，孟姜女她独自守闺门啊……”

没走多远，前面还有“拦唱”的。这时，吹鼓班子里的“红角儿”已来了，叫吴娟，穿的倒是朴素，又说又唱的很荤。这回她跟人合讲的是三更母女间的荤事。吴娟扮“母亲”。二更时，女儿偷汉子，母亲让声惊醒了，便问声是什么响？三更时，母亲又让惊醒了，又问是什么响？“二更响，你说是风刮锁响，咱家锁大，该有多大的风刮。三更响，你说是你的绣花鞋声。这男人的鞋走起来呱唧呱唧地响，妈妈听不出来？”女儿便招了，说：“有什么样的妈妈，便有什么样的女儿。”接着，这“母女”便拿路边的老头说一些荤话。荤话说完，这吴娟又扮起了干哥干妹：“干妹妹，走，干哥哥带你去逛，先往东走。”说完，就唱起来，她唱时，左手端着木块，右手拿着小细木棍敲。

唱上一会儿，理事的老头便又叫唢呐吹起。于是，吴娟等人便退到一边离开了，看热闹的，仍一路跟着，从这时，天色渐暗，于是，送程的人们不再停下，一直到南边定好的十字路口，放下花轿，送程队伍依花轿围半圆跪下。袁疤眼拿大头针给抬花轿的纸人开光，起“腾云”“驾雾”“快嘴”“会说”四名，说：“好好把 × 大公抬好，不要把他跌着。到那边，拣好听的说。”接着将笆斗里的黄纸倒成堆，浇上油，点着。唢呐声响起，两人把花轿抬在火上，还有“西河堂”，顿时火头窜起。有人喊：“砸轿，快。”于是，那举火把的两人用竿头砸火里的花轿。等火小些，理事的老头示意死者的儿孙往回跑。这时是有东西抢的，家里在灵堂那让放上了糕或猪头等。孙子们跑回去，谁先到就是谁的，抢到的人会有好运。跑前，讲究些的要从烧花轿的火上跳过。小孩子不懂，结伴同跑，可等到家门前便开始抢，互不相让，没抢到的而又软弱的则会骂：“你说话不算数。”这些，往回走的人还不知晓，小五佬不在，有人把他提起，对袁疤眼说：“小五佬说喜话，头一句说的开，再一句，嗓子就不行了。”袁疤眼换右手提笆斗，说：“他是教过我，我只会说，不会唱。下次，我叫他把那唱词抄在纸上，我照着读。”顿了顿，吐了口唾沫，说：“照着纸读，真有人这么干，我见过。”

等送程的人们“回来”时，那家屋里已坐着个人，是“哭灵”的。这“哭灵”跟喜事上“说喜话”是相反概念。那人穿一身很吓人的装束，头上的白布帽让缝了两块红布条，披像刚从土里爬出的脏白袍子，手握着哭丧棒，见这家腰束草绳的大孙子，“孝子，孝子”地夸说。商议半天，这家开口要给哭灵人三十块。哭灵人知这便宜占大了，急忙从门外一直跪磕到灵前。此时，吹鼓班子的棚子前已坐了人，送程回来的人若也想凑些热闹，便坐在板凳上不回家，等看吹鼓班子的人玩把戏。

这些“玩的把戏”，大都是单唱，又说又唱，玩些绝活。儿时听说，假是一家丧请两个吹打（鼓）班子，这两个班子会争，每个班子里各出一男一女，当着围观人的面，专干云雨的事。

等人散了场，这家便要“辞灵”，即拆灵堂。辞灵前的礼繁，有大拜二十四下，有上前一大步，后退三分之二步，有手面贴地前推拜，有扑拜等一串规矩。辞了灵，守灵人依旧睡在未拆的布棚里过夜。一夜无事。但假若早死了父亲（也不知是第三天，还是第四天，还是埋后），在这夜里，儿子会拿着哭丧棒，提着小马灯，领着堂兄弟，在田间小路上，一路烧黄纸，一路磕头。

第五天，人皆早起，因七点时，棺材要入土。长儿媳领着个人去放下挂铭旌的竹竿，依铭旌的一边撕。理事的老头坐在石磨上，说：“撕到底。”由于铭旌四边皆让线缝过，长儿媳用剪刀铰个口子，才撕下。

这事，围看的人很多，多舌的婆子抱着碗，说：“回家放在箱子底收好，儿孙发财。”长儿媳听这话，笑着将那撕下的铭旌布条叠好。坐在长儿媳家门前的女人见了，说：“拿回去，将来给你孙子缝老虎鞋，做尿布。”挂铭旌的竹竿很粗长，一个汉子用身背着站在路上。已到下地的时辰了。这有讲究，空腹是不能下地的，故送葬的人皆吃了饭，或至少喝口棒黍稀饭。堂屋的席子昨晚已让摘了，戴孝的人列队磕头。唢呐调一起，四个抬大杠的人小心翼翼地把“棺材”抬出了门。这抬大杠也有讲究，大杠上了手，绝不能离手。即杠夫不到该停时，是不能放下大杠的。可也有万不得已的时候，以往送葬的棺材里会填满土，重的需十六人抬，可那家只找了四个彪汉，大杠上了肩，彪汉才知棺材的沉重，刚出那家的门，彪汉就撑不住，把压肩的大杠撂下，吐了口血。

送葬的队伍，开道的是那个把挂铭旌的竹竿放后背的人，跟着拿童男丫鬟的孩子以及拿纸伞之类的人，身后是几个吹鼓手，引着“棺材”，“棺材”后的队排依旧。逢十字路口，吹唢呐的停下调子，忙事的人抓一叠黄纸点着，子孙压着哭丧棒，跪在地上，朝“棺材”磕头。等到地头，队伍后的女人皆让回了。坟坑在地西尾角，忙事的人说：“坟上长着俩合欢，好风水。”由于近来地里存了些雨，故坟坑搁棺材的两边皆汪了水。这可麻烦了干白活的袁疤眼，他脱下鞋，赤脚下到坟坑里，把水舀出。蹲在坟坑上的人里，有开他的荤笑话的，说：“疤眼，有了水，怎么不打汪呢？”袁疤眼是做大杠的扁担，整了整头上的竹帽子，说：“莫急，等忙完这个，就上你家，打你家的汪。”

接着，因是“烧过而葬”的缘故，袁疤眼会跳进坟坑里，将石棺里寿衣整理成人样，然后把烧后的骨头用黄纸裹着，放到寿衣寿鞋里，做成胳臂与腿状，接着，挑几个大点的骨头用黄纸捏成头状，戴在寿帽里。最后把剩下的骨头皆捧到寿衣褂子里。做好人样后，又下去一个人，叫“王神仙”，朝躺在棺材里的“人”手上丢上铜钱，说：“拿上买路钱，各路小鬼好好伺候 × 大公。”紧接着，便让人把棺材盖抬下。棺材盖好，袁疤眼便停下手，朝死者的女婿要钱，若要的价高，有些财气能说上话的人会说：“小疤，你还要钱，×××，拿哭丧棒抽他。”这家女婿给的钱少，袁疤眼有了些气，说：“昨晚哭灵的人，就跪那几下，得了三十块。你瞧我陷的这脚泥，给那点钱，谁愿做谁做，我不做了。”坟坑上的人好意地劝：“疤眼，这不是做事的法子，好好说。撂担子可不好。”袁疤眼不耐烦地说：“不妨我的活。给不给钱，给多给少，那是你的脸。”在众人协商下，死者的女婿才将钱递于王神仙。袁疤眼方干起活来，听王神仙的话，在棺材四角放上铜钱，将量好两角的白线对折，得到准确的中间位置，放上铜钱。下面便是在棺材面上盖铭旌，将布拉好，浇上酒。最后是用大头针给纸人开光。王神仙在坟坑里拿着童男，利索地说：“取个名字，叫春天，干什么呢，叫你给老太爷挑挑水，搬搬桌子，一些重活都得干，要勤快。”说完，拿着大头针给童男开光。童男开了光，得给丫鬟开光，王神仙说：“也取个名字，叫杨柳，干什么呢，给老太爷浆洗衣服，扫扫地，做做饭。”接着，拿着大头针照准纸人部位，念说：“开眼光，眼观八方，开耳光，听四方，开鼻光，闻香臭，开嘴光，吃猪粮，小大姐，脸皮枵，不好意思，开前面，放放水，开后面，透透气（若是童男，王神仙会说：子孙满堂），开脚光，当心砖琉璃瓦碴，把茶杯摔了，讨老太爷拐杖的打。”话刚落，唢呐又吹起了。亲朋磕过头，把白布缝做的享帽撕了。人悠散地回了，除了死者的子孙。留下的忙事人将坑土一埋，棺材里人的一生便完了。

坟已成，这时女人才得准下地来拜。她们将酒菜在家做好，放在木桌上，等送葬的死者的子孙回去，依旧男子抬木桌，女人跟着。到坟地，女人又得哭，儿孙在坟前挖个烧酒菜纸钱的坑，烧过纸，磕过头，才将丧事做完。这是死了上辈，若是女人死了丈夫，棺材让抬下地前，那女人会哭，嚷着要磕死在门上。当然这是有人教的，也有人拦。棺材下了地，理事的老头会让女人用布包些坟土，叫她回家洒在床底下。

铭旌盖在了棺材上之后，办事这家的堂屋会搭口缸，缸里是烧下的黄纸灰。缸在木桌子南下方。木桌子靠着北墙，上面有碗生米、一沓黄纸。北墙对门依边角，下贴着记有老头儿生辰、忌日、姓氏的白纸。

每至吃饭前，一家人皆烧纸朝白纸磕头，小孩子会问："磕几个？"

"四个。"

小孩子便磕四个。

这叫"七贴"，为的是让晚知道的亲戚也能来拜拜。一般，到五七时，那张白纸就让烧了。

从有哭声到止，共五天，倘若早死，则会少天数。若高寿死，那得按喜事办。当然，死丧是极严肃的。因为人的生与人的命真是难以说得清楚。

阴天里的话

一、以前，我的心便是我的灵魂；现在，灵魂只躲在心的某一处！

二、以前，至少在乡下，你能看到夕阳是如何落下天际；如今，眼前只有一堵堵的高墙！

三、以前，祖祖辈辈告诉你，天上有个老天爷，要有善心；现在，有善心正受着苦，有的已戴上枷锁。

四、以前，我以为，人只有到七八十岁的时候，才会有死的不定数；现在，死无时无刻不围绕着人，即便你仍年少。而且，只有在书上才会读到“养生丧死无憾”！

五、曾有一个人玩笑地说：“我能一口气说出十几个所憎恨的人的名字！”这多么可怕！但我想，倘若不是那苦难到刻骨铭心，谁愿意记得那些岁月，谁不愿做一个快乐的孩子。

六、那个人还说：“有几个人还真正地爱着他脚下的这片土地！”

七、阴天的乡下集市丝毫不会人少，每次去，总会碰到一个老太婆，她佝偻着腰，满头白发。以前，我一直以为她是个要饭的。因为每个摊位上的人总会施舍点东西给她。老太婆养了只猫，那些卖东西的人总把卖不掉的东西包起来，对老太婆说："这给你家的猫吃！"

但在前天，在十字路头的书摊前，我听到坐在石凳上的两个女人说："她，可怜人啊。十几年前，她在这儿算这个！"其中一个人伸起大拇指，接着说："一条街的房子，两个儿子！可十几年前，有人征她家的房子，她的儿子不同意。不同意也没办法，那人硬生生地把她家房子给刨了。刨了之后，她的大儿子去了北京，一去没回来。她二儿子之后也去了北京，也一去没回来。十几年了！都没回来！"我听了这两个女人的话，不免有些震惊，顺着她们的眼睛，我望到了在集市经常碰见的那个老太婆，她坐在一棵柳树下，佝偻着腰，满头白发。

八、曾有一个十二三岁的小姑娘，那是我儿时的玩伴。春天的时候，她带我们到河边折柳树，编头箍，夏天的时候，她打猪菜，同我们数天上的星星。那时，她书念的不好，在落满树叶的秋夜里，她父亲把她的书撕了，放火里同落叶一并烧了。那夜她坐在谷堆上，说她未来的模样。

后来，她去了大城市里打工，一年不到，她把心交付给一个有钱的老板。没想到，那个有钱的老板没有真心待她，听乡下的庄里人说，她气极了，在夜里用剪刀把那个有钱老板下身剪出血。等到我见她时，她已发了疯。在冬季的一个灰幕里，嫁给一个矮墩墩的将近四十岁的男人。

九、小时候，世界是一片蓝天，它会倒映在碧清的河里，会挂进你的小眼里；如今，它是一阵风，是一场雨，是一把刀，是猜不透的心肠！

十、今天，天阴了好久，到了晌午的时候，稀稀疏疏地还是下起了雨！

阴雨天的感想

都记不起了！这个时候种在地里的豆子，是否会顶开泥土，带着大帽子，弯着它的脖子?

好想去儿时的小河边，以前那儿的岸边总有人家会点上齐整的豆子。不知小河旁的芦笋是否已密密匝匝，还是已节节长高。

有人说，这样雾蒙蒙的天是“吊死鬼的天”。如今的我倒有几分共鸣，可儿时的我从未这么想过。因在这样的阴天下，拨开河岸边的青草、柳条能抖落一身的雨滴。掌着柳树，在贴近河水的岸边用脚后跟蹬出可以蹲坐的台阶，然后坐着，往河水里撒一把生米，钓鱼。颇有“独钓一河雨”的情致。

无须撑一把伞，也无须把奶奶用稻草编的蓑笠偷来，雨自然是小的，一滴一滴，一粒一粒，可就是这点小雨，加上四下雾雾的天，是足以把头发濡湿的。这不用管它。虽说不用管，可心里倒不是不惊。因为，再小的雨也有下一阵大的时候，只瞧那小河里这时起的一个大泡子，那里起一个大泡子，然后伴随着噼噼啪啪、哗哗啦啦的打叶声，满河里都是泡子。

河岸上已有慌张奔家的人了，边用手挡在额头边跑，说：“还真下大了！”按理说，雨浸在身上是不好受的，可偏有人下雨天不爱打伞，也从不打伞。我觉得这样的人最知雨的妙处。因为他们懂得，伞，美丽了衣服，却遮住了仰望天空的眼睛。所以，他们从不撑伞，而只把头仰起来，望着四下白茫茫的一片天空，慢慢地去辨认每一滴雨的行踪，看它由一条条线到一个个涟漪，从一粒粒珠子到一个个大水泡。

雨下得太大了，实在是浸透衣服了，慌里慌张地折一根长柳条，把钓来的鱼串起。路自然是坑坑洼洼、湿湿漉漉的，洼的地方早已汪着水。这是小孩子最喜的，因为可以一脚踩一个，漏了的还要折回再去踩。倘若碰到一个大汪，定要将身子凑过去，好照照自己的影子，同影子说话。

……

回想这点阴雨天里儿时的自己，再看看现在的自己，不禁有这样的感想：

“心不自由了，

屋子也会变成囚笼！”

我若有了孩子

我若有了孩子，我便愿他在那善良勤恳的祖父母怀里成长，在夏天飞着蝴蝶、秋天飘着芦苇花的小沟边玩耍，在火烧云里想象：一只白绵羊是如何变成烈性的红马；在觅到几个玩伴后，相约雨后骑在那倒掉的老树上玩耍。也愿他能看到一个老婆子把一生交付于石磨上，舍去自私的情怀，得些家的温暖，也愿他能用孩子的眼光，审视到一个成年人该有的品质，萌生一点健康朦胧的爱意。

我若有了孩子，我相信儿时留下的美好风景自然会告诉他，如何去欣赏与珍惜美好，及其生命的由来与承继，不是享乐自私的缘故，而是在挣扎里与生而来的悲悯与顽强。

我若有了孩子，我不愿他成为自私、享乐、贪婪、功于利益、嘲笑“弱者”、嫌贫爱富的人，倘若他那样，那便是我的罪过，我将抱憾一生。我也不愿他过早地因人事而哭泣，只愿他能快乐地成长，在知人事后，能在污浊的大社会里看到些美好，寻到一条不辜负自己这一生的路。

我若有了孩子，我便这样做，带他回到祖辈生长的地方，教会他不去抱怨苦难。我相信，祖辈所生长的地方有那安详的黄昏，会让他得到些属于孩子的那点寂寞的囱烟，也会有那眨着眼的星子，给他安宁的梦乡。

莫名的思绪

一、我高傲地为自己活着，不为世事所牵，也不追求被他人所瞩目，但有时自己却莫名地寂寞。或许这便是自己的可悲处。

二、其实感情的事，很多时归根是我的原因。我是太怕了，怕那个女子不是自己追求的模样，我总是预先想出一个女子，再在现实里找。一个旧年头的女子能在当下里活着？还有，我的话比我的性格漂亮多了。我知道这里的缘故，我躲不过这个时代，我的性格便是它造成的，我拒绝它，它便让我受挫。

三、上天是公平的，但其中掺杂着的是可悲。譬如，上天给了你能使人忧伤的容颜，却赋予你一颗不堪的心灵。

四、很多人引以为骄傲的智慧、经验、名声，在我看来对生命意义是极其无用的，但这些人却常拿那些在我面前表现出高傲的神情。我真替他们感到忧伤。因他们已陷入社会安排的泥淖里，成了少了野性、丧失了本性、践踏生命坚韧悲悯的无聊者。但不久，自己转而担忧起来，想一些人如此，那只有这些人是可悲的，倘若一个民族如此，那便是可怕的，因这个民族丧失了承继下来得以存在的精神。这值得深思。

五、当有的人掺进你的生活，你会发觉世事是那么的无聊。而有的人你得知存在这世上，你又会发现人世是那么的美好。

六、倘若撇开人性，一个人命运的好歹，只是因不能挑选他的父亲。从这点情感来看，所谓的在磨难里挣扎只不过是一个人对当下所持命运的憎恨罢了。这类人，我见得多。

七、一个人选择如何地活着，是自己的事，无关他人，而他的死，不单单是属于他一个人。只是一个人的死去，无论如何的悲壮、无聊，岁月给他们的定论只有同样的一个——不再被世事提起。

八、一个人对于死应该有什么态度？这是道不明白。但似乎旧年人对死看得淡了些。死要来了，自己便睡倒，反正这是老天爷注定、每个人皆该派的事，便也少了抵抗岁月的念头。这样对于死的心怀，当下的人没有，他们在个人生时的享乐上钻研的多了。这又是个难题。面对死的必然，是选择在短暂一生里快活，还是选择勤恳地把后辈的苦难让自己在此生里承担？

九、在我的幼年，亲眼见到过一个富贵人家的院子里停着一口木棺材。那棺材，儿时看到时，有些虫蛀，像是受了往年雨的缘故。那棺材原来就放在这家老婆子的老屋里，老婆子从不忌讳，仿佛这在旧年人的眼里也太过寻常了。听儿时的人说，那棺材平常就让老婆子睡在身下，听了很怕人。但如今有时细想，那木棺材不就是一个人以后永远的睡处，不比这尘世所留恋的更值得亲近么？

十、你若问，这肮脏的现代文明到底使我们改变了什么？去看看如今说着谎言、置身名利中来麻醉自己的我们吧。我们还会有年轻气盛时对社会不公的憎恨么，还能记起有一颗孩子心、青涩的年纪么？

旧日的话

一、《清晨得》

不晓菩提树，
谁刻明镜台？
身是灯下影，
此物不说禅。

二、《面对流言与不同路》

一只蚊子落到我的脸上，
我想打死它。
可它自在地飞了。
于是，我扇了自己一个嘴巴。

三、《写给过去了今天的自己》

二十几年前的今天，我来到这世上。这二十几年，我总抬头相信上天的存在，便从不做坏事，也不生讨巧、自私、怀揣伤害他人的心思。我虽一事无成，为生活打击，但总会在被生活按低头后，爱起个早，看升起的红太阳及那些美妙的事物。因这点本事，自己觉得还不曾辜负存在这世上。

四、《孩子》

今天老师把她的女儿带过来了，小孩子很聪明，会写燕子、粲、公主、王子、仙子。她让选“东西南北”上的人物。我说上面怎么没有坏人？写个大灰狼。她说不。

我问她：这些字，你是怎么记得住的？

她说，她记一遍就记住了。

过一会儿，她问我：你认识的字会忘记么？

我说：会。

于是她自言道：那我怎么就不会忘记？

我说：你会不快乐么？

她笑着说：不会。

我说：就是了，等你有不快乐的时候，就有忘记了。

五、《写给到来的岁月》

现在，我开始热爱生活，尽好现在应尽的本分，不再彷徨，不再迷惘；

开始积极地去写好现在、以后的人生；开始去憧憬未来；

开始重拾自己内心的理想；开始认真地工作；开始时刻想到你那赶走疲惫的笑容；

开始时刻明白自己的胸膛要宽大，让那里足以安放你的脆弱，因为我不想：当你在我面前的时候，你还把内心伪装得那么强大；

开始去勾画未来的家；

开始用微笑去面对未来的风风雨雨；

开始不再悲观、消沉，因为我知道，现在我很富有，我不想挥霍；

……

总之，我想我已经在心态上准备好了，

到来的岁月，我知道很多我做得不好，

但现在，我愿意大步大步地同你走，好在人生路上踩出重重的脚印！等我们老了的时候，我会告诉你，那些脚印，便是我们的青春与生命！

六、

不要以为自己很美，就老是站在镜子边。站在镜子边久了，纵然是最美的人，也能找到瑕疵。

七、

不要一心追求最亮处，要知道那里最容易风里来，雨里去。

八、

不要吝啬去踩你的脚印，因为那会是你以后的身后路。

不求甚解

一、“花轿”

前不久偶见《步辇图》及画有汉成帝乘的步辇，便想到“轿子”。又忆起《清明上河图》上会有轿子，后翻《梦粱录》得晓“男跨雕鞍，女乘花轿”，用“花轿接新人”，且“迎至男家门前”“拦门求利市钱红”的俗定已成。故想，“轿子”在宋朝分类已杂，且已平民化。

《步辇图》上的“步辇”，至今仍用。但多见于丧祀，用两根木棍穿过四方木桌子，加以绳绑牢，抬礼品之用。“步辇”之意，查出有：步行，不乘任何工具。不知是何道理。在家乡也这般叫。或许只是取“以步碾泥”之意，即“步碾”，与“步辇”两者不是一回事（倘若细想来，先前我错了，这“步辇”倒真是这般写的。细想，一个在夏天徒步赶远路，身疲脚乏，可正好碰见有人乘车辇，他该会戏谐着说：“爷乘的也是辇，步辇。”这倒像“卖呆”二字。）

轿子是人抬的，便是贵人所有。穷苦人丧喜时用轿子，便是乞求与图吉祥。

在家乡，“花轿”的喜俗早已不在。留下的是：丧事时的轿子是用“彩”纸糊的，但也叫“花轿”。提及“花轿”，那便是死了人。

曾在《家乡的丧事》里有记，录在此：

“唢呐声响起，两人把花轿抬在火上，还有‘西河堂’，顿时火头窜起。有人喊：‘砸轿，快。’于是，那举火把的两人用竿头砸火里的花轿。等火小些，理事的老头示意死者的儿孙往回跑。这时是有东西抢的，家里在灵堂那让放上了糕或猪头等。孙子们跑回去，谁先到就是谁的，抢到的人会有好运。跑前，讲究些的要从烧花轿的火上跳过。”

“花轿”常烧的地方，是岔路，烧的轿灰顺着旱沟淌下去。

旧时的人信鬼。因没月照路，赶夜路的老婆子滑到那沟里。老婆子吓坏了。有人到她家坐坐时，她坐在绳床上还在念叨：

“别看沟浅，那沟里的茔鬼拽我的衣服，我拼命爬，就是爬不上来。幸好小二婶从那里过，喊‘是谁在那’，茔鬼才松开我的衣服。”

这些，乡下人皆不生疑，因那确有鬼气。

但至于“花轿”何时用纸糊，在丧事上烧，不得而知。那或许只是穷苦人的一个念想，一个在另一处享福、做贵人的自欺吧！

二、女儿两岁时的话

关于状语后置、宾语前置、定语后置，以前在念书的时候，自己就觉得古人别扭，好好说话不行么？偏偏要这么说！

后来，我有了女儿，才两岁多的她，拥有孩子的天性，教会了我：是现代人说话别扭了，而不是古人。

因为人一生下来，就这么说！

女儿说：

“饼干，苒苒吃！”（动宾的宾语前置）

“筷子，妈妈的！”（定语后置）

“爸爸，玩滑梯，儿童乐园！”(状语后置)

……

听完女儿的话，我忽地想到了英语的说话方式。自己不禁感慨：女儿，以后你长大了，要学英语，学古代汉语的时候，千万不要埋怨古人、外国人“不一样”，因为是现代汉语，是今人不一样了！

噢，对了，女儿，你还说过：

“我要不吃！”

“我要不穿！”

“我要不学！”

三、《史记》里的“鸿门宴”与“渑池会”

先说“渑池会”。

每次读到这一段，自己都会有一番感慨。同是为了奚落对方，秦王叫赵王“擦皮鞋”时，司马迁只用了四个字——“赵王鼓瑟”。虽是四个字，却把赵王这个人写了出来，“胆小，懦弱”。叫他擦皮鞋就立刻擦了，连皱眉都没有！

而相比之下的秦王呢？“怒，不许”——“不肯击缻”——“不怿，为一击缻”。

谁让秦王这样？那个宁死不受辱的蔺相如使他这样的！可一看蔺相如的做法，不免替他不值。试想：若秦王让蔺相如在“跪”与“死”之间选一个，不用多言，蔺相如必选死而不受辱。可是，在“主辱，臣死有余罪”的思想下，蔺相如只能由捧皮鞋让秦王擦，到跪请秦王擦，最后用溅你一身血的话，换来秦王象征地擦一下。

每每读到这，想到那样的赵王，为相如一叹。

再说“鸿门宴”。

《史记》“鸿门宴”里有四个字为第一要紧，曰“约为亲家”。没这四个字，便没有鸿门宴。

项伯起先夜驰沛公处，是救张良，是为“义”，而又眼都没合一下，夜驰飞奔而回，不是为张良，而是为了自己的老亲家——刘邦。也才有了后面的为老亲家挡剑。

当然，对于项羽而言，毕竟“亚父”是干爹，“季父”才是亲叔叔！为之一笑！

四、为官难

当星星像花儿开在天空的时候，儿时的我会听父亲讲一点“古介”，其中有一则古介记忆颇深：

话说乾隆皇帝下江南，带一个太监随从，微服私访。到了晌午，乾隆皇帝玩过了兴，顿觉肚子饿了，来到一户破草房子的人家，乾隆皇帝就问这家的老大娘：过路人饿，老大娘有什么吃的。老大娘从屋里拿出吃剩的砻糠饼。乾隆皇帝没吃过，也是先前饿极了，便觉得好吃，比平常吃的好吃百倍。

回到行宫，乾隆皇帝老是念及那砻糠饼，什么山珍海味都吃不下。可皇帝不认识，便叫他的大臣来，告诉大臣那老大娘家的位置，让他去问问，那砻糠饼怎么做的。大臣领命就去了。乾隆皇帝坐在宫里等，哪知道大臣回宫说：那是山芋叶子揉成团，掺和砻糠做成的，一般都是给猪吃的。乾隆皇帝听这话，心想：这下糟了，吃了给猪吃的砻糠，若是传到民间，百姓该笑话。怎么办呢？乾隆皇帝想了一会儿，吃过砻糠饼这事只有那个太监随从知道。

一天，乾隆皇帝就骗那个太监，说，我又要去微服私访，只你跟我去。乾隆皇帝把这个太监带到行宫后的一座山上。山上有棵松香树，树丫正好能把人脖子搁在中间。乾隆皇帝就对太监说，这树丫像是能搁下人脖子，你把脖子伸那样样。太监遵命，把脖子伸到松香树丫间。哪知道，这时，乾隆皇帝抽出刀，把这太监的头剁了下来。太监的血流满了松香树。

后来，有人上那座山砍炼松香，用松香制成了鼓。这鼓敲起来有个调子，是这样：乾隆皇，吃砻糠（七斗锵，七斗锵）；乾隆皇，吃砻糠；乾隆皇，吃砻糠……这调子，都说是那太监哼的。

……

那时的我很小，不明白这故事里有什么深意，只是很向往那座山，那棵松香树。

后来，夜里的天上再也不会开花，我在一处竟读到这样的记载：

皓，每飨宴，无不竟日，坐席无能否率以七升为限，虽不奚入口，皆浇灌取尽……又于酒后使侍臣难折公卿，发摘私短以为欢，或误犯皓讳，辄见收缚，至于诛戮。(《三国志·吴书》)

读完这段话，我想到了那个死去的太监，觉得这官场难，特别是官场领导的手段，读来令人发笑发痴。

发笑是这领导如在身边一般，发痴是忽想起父亲讲的故事，再看看身边，无处不是这样的。于是，自己不禁感慨：为臣为官不易，领导叫喝酒，喝七升，无论会不会，爱不爱，不喝就灌！喝醉了，脑子糊涂了，该说点心里话了吧！谁也保不齐醉后不骂领导。

唉，跟这样的领导却能混下去，且混得好，是种本领！

五、“嗅”

关于“朱门酒肉臭”的“臭”这个字，自己总觉得，就意境来说，

"臭"读"嗅"更好。因为自己每读到这句话，总会想到：儿时，在茫茫欲雪的傍晚，一个人玩累了，望着秃秃的树梢上冒起的囱烟，往家跑。在路过富贵人家门前的时候，自己总会嗅到一阵一阵的酒香肉香味。我想，杜甫也是在这意境下有感而写。毕竟深宅大院，走在路上闻到臭味是不易的；而且，就诗而言，也没有意境美。

六、男人与女人

有时，与人交往，我们总是试图让自己单纯如水，可往往最后，别人总以为你水下草荇蔓蔓。可见，人与人的交往不简单。那我们不禁要问：到底男人简单些？还是女人简单些？

翻一翻字典，用"女"做部首的字有：好、奸、奴、妖、妩、媚、妒……"男"呢，不做部首！

可见一斑！

合上字典，坐着想了一会儿，终于想明白了一些。

男人从他出生到终老，都是被比较的：好男人，坏男人；臭男人，香男人；美男子，丑八怪……谁比较呢？当然是女人。不可能一个男人对另一个男人说："臭男人！"

而女人呢，我想，结婚是分水岭。因为结婚前，女人只属于她自己，如果她对一个男人说："她不在乎钱！不在乎脸面！不在乎一切！哪怕与你流浪，她也愿意！"我想，女人是认真的，不用怀疑，因为女人在恋爱，女人要让自己的恋爱变得美好、浪漫。

可是，结婚后，女人不自觉地从属于男人，像那部首一样。此时，如果丈夫问妻子："是喜欢一切还是喜欢流浪"的时候，妻子如果还说："喜欢流浪。"请不要相信那是真的。因为结婚后的女人喜欢蓝天，喜欢远方的天高地远，那只是生活的偶尔。永不要低估，"名与利"在一个女人心中的位置。因为男人是女人的脸面！

男人生下来就是被女人比较的，更不要谈是自己的男人。所以，此时的女人她不喜欢流浪，她最想要的是：现世的安稳和别的女人所拥有的一切！

总之，女人的一生跟“比较”有关，唯一的差别是，结婚前，女人比较分辨一切男人；结婚后，女人比较自己的男人与其他一切男人！

我只是，想惬意一点

其实，我要的生活很简单，能惬意一点便好。

就如现在，如果我能趁着路灯光，在白杨树下小憩，或躺在凳子上，或睡在地上，用手枕着头，然后去望那些肥大的白杨叶，最好还能刮点小风，因为这样，我便可以去听那叶子间沙沙的声响。

可是，不知何时，不知怎的，在心里忽然觉得，古人寻常的“日出而作，日落而息”，是这世上最奢侈的生活了。

不知何时，不知怎的，自己每每会被别人冠以“不善交际，不认真生活，我行我素，没有追求，浑浑终日”的头衔。不知何时，我开始为这些人的看法心生怒气。

不知何时，不知怎的，我在别人眼里，一定要点头哈腰，不然，我便是不尊重他，而他却总是一副高高在上的模样。

不知何时，不知怎的，一肚子的怨气、烦恼、委屈，想哭，想反抗，可自己总没骨气地面带微笑。

……

其实，我要的生活很简单，能惬意一点便好。就如小时候，惬意得可以听到那些被我时常怀念着的声响：

春天，密密的芦苇荡里那细细的哗啦声；

夏雨过后，包裹着屋子的“四面蛙歌”；

秋天，头顶落下的阵阵雁鸣；

冬夜初晴，一排脚印，便知那一下一下踩雪的吱吱声。

可是，不知何时，不知怎的，我开始不快乐了，开始抱怨生活了，开始为一点得失捶头顿足了；

不知何时，不知怎的，耳朵里只剩下闷闷的嗡嗡的响声，人开始拖着影子行走，仿佛那影子很重很重；

不知何时，不知怎的，阴雨天成了“吊死鬼”的天，人成为受过冤屈的人，喜欢诉苦；

不知何时，不知怎的，我的眼看不到天边的风景，我的心胸变得狭窄起来，人没有浪漫的幻想。

……

其实，我要的生活很简单，“日出而作，日落而息”，能惬意一点，便好！

最好能有一所房子，

小河边，柳树旁，

青砖，红瓦；

有一片肥田，

日出理荒秽，

日落荷锄归！

她的雨与伞

每个人的学生时代都有特定的符号，都有只属于自己的心事。有的或许是某一次下晚自习碰面，那个心仪的女同学说了一句“嗨”，你笑着应一句“嗨”，仅此而已，那样，一个彻夜难眠、怦然心动的一个夜晚。有的或许是门后面写满的密密麻麻的小字，什么“春天因为有花而变得热闹，我却因为有你而变得孤独”；什么“卓雨，木石，一生一世”。其实，我们都知道，没有叫“卓雨”，也没有人叫“木石”，因为，一个叫“韩雪”，一个叫“李磊”。至于他们后来有没有在一起一生一世，无人知晓。毕竟，青春，只属于青春……

当然，有的人在学生时代，青春更为简单，梧桐树？长凳？喇叭花？丢了又丢却总丢不完的书或试卷？那场大雨？被人偷去的袜子……

那时，我十九岁，跟很多在这个年龄的人一样，爱坐在教室里托着下巴，朝窗子里倒映的黑板与粉笔字望，边望边想着自己的梦，想着自己能有一天可以坐上火车，火车开去的地方满是鲜花与尊严。

那年，有梧桐树；那年，有星空与夕阳；那年，粉笔被拿在手里都是一件神圣的事；那年，经常会下雨。

那年，我看到女孩时，会说不出话，不由自主地用手摸鼻子，望向远方。

那年，她被老师提问时，会从耳根红到脖颈。

那年，学校里有一个花坛，在油雨纷纷的时候，我总爱撑着伞过去。听那儿，有虫子，不分白昼与黑夜，吱吱地在细竹里叫。看那儿未盛开的丁香、腊梅、桂花，还有高高的水杉……

当然，那，还有她，她总坐在那棵大柳树下。那时，雨淋油了柳枝柳身，也溮湿了她的前额发。

我在那棵大柳树下看见她好几次，每次我都想把伞撑过去，替她挡住雨。可那时太年轻了，年轻到为一个女同学打把伞，都需要百般、千般、万般的勇气。

那年，每次晚上放学回家，只要下雨，我总爱撑把伞，通过橘黄的路灯看如丝的雨针，看匆忙归家的人，有时会因为那些小贩艰难的淋雨而伤感噙泪，有时会因为雨浸湿鞋面而觉苦恼。

那一次，在那条路上，在那路灯光的映衬下，我又一次望到了她。那一次，她走在我前面，又没打伞，她提着包，在淅淅沥沥的雨下，她的背影与步伐显得格外从容与轻松。我打着伞跑过去，为她撑起伞。

那次，她躲开我，笑了笑，略胖的脸显得很慈悲，在灯光下，她的脖子又是红了一片，她说：

“下雨天，我打小就不喜欢打伞。我喜欢仰着头让雨淋在身上。”

那次，我也收起了伞，不打。

一路上，她还说：

她不怕雨，她最怕她爸爸；

她有三个弟弟妹妹；

可能是生活艰难，做小贩生意的爸爸脾气不好，只要他们四个孩子其中有一个犯错误，他们四个孩子都要排在墙边，爸爸会用棍子打他们；

每次被打，只要是下雨天，她就到屋外，看雨下在树里，看雨下在屋檐上……

从那天晚上后，在那一年里，每次下雨，我也不撑伞，开始仰着头，在雨地里悠闲地走。

可是，还没淋几次雨，高中就毕业了，我去了火车驶去的地方。虽然，那儿，并不如我的所想。她呢，她去了哪？我不知道。我很想向人打听她的下落，可我依旧那么害羞。于是，我只会在下雨天，会想起她那张略胖而慈悲的脸，仰着头，不打伞。

……

后来，不知过了几年，在夏季的一个雨天，我撑着伞走，在街的拐角处，我看见了她。

我把她当做老朋友，向她打招呼。她望了望我，眼睛都是防备与躲闪。

可能是出于同学一场的缘故，她远远地回眸望了一眼，我这才细细打量了她：

她穿上了高跟鞋！抹上了红嘴唇！画了眉！也撑起了一把美丽的伞！

我撑着自己的伞，望着雨中另一把美丽的伞，想到那年下雨的晚上，想到那张略胖而又慈悲的脸庞，在仿佛间，自己像是被时光打了一个响亮的耳光。

秋天的惦念

人这一生充满了大大小小的道别，无论晴天还是阴天，无论你有准备或不及防。一阵雨，一片云，一次回眸，一声问候，说不定就是天高地远，此生不见。有时这道别近在眼前，撕肝挖心，让你痛不欲生；有时它如同儿时家前的槐树，隔了许多年，当你风刻霜染时，忽一天，那槐树让你惦念，让你好像在过去的某一地点、某一个时刻，忘了说一句“珍重”，道一声“安好”。

对于我而言，当我已是而立之人的时候，在这样的秋天里，很想回到那个秋天，对她道一声“别了，秋天里来的人，秋天里去的人”。

那时，我念小学四年级，那时，我还是个被母亲驮在背上的孩子。

那时的小学堂，被提起的时候，现在的孩子或许要惊诧，因为，那时的学校为了不占民田，大多盖在乱茔坑上。

可能因为这个缘故，加上乡里没钱供学校铺水泥路，因而最易生草，特别是经过一个夏季的雨水和不闻不问。

至今仍记得，那是暑假过后开学的第一天，我按以往的惯例，带了把镰刀，把布书包带子勒在额头上。果真，刚到学校大铁门的门口，映入眼帘的便是青青的草、高高的草、密密的草、水灵灵的草。草挡住了围墙上的标语，“求真务实”“增强体魄”都看不见了。

在一会儿无所适从之后，我看到四年级那班的木门牌与台阶，在那台阶上，她站在那，像是穿着秋天一样。

那一天，从其他人的嘴里，我得知，这个穿满秋天的女老师姓“丘”，二十几岁的样子。因为那时我的脑海中还没有“丘”这个字，所以我叫她“秋老师”。

秋老师教语文，也教音乐。

可能是因为语文书被撕了，让我叠了纸船放到河里去了吧，我已记不清她教语文时的场景了。

秋老师教音乐很特别。说特别是因为，在那时的小学堂，老师要么是个老头，要么是个老婆子，每次上第一节课，总爱叮嘱锁门长去河边帮他折一根木棍来，时而打我们手心，时而掐我们耳朵……

而秋老师教我们很特别，她总是笑，而且她的眉毛会动，特别是教我们唱歌的时候，因此每次，我都忍不住望她那细细的会动的眉毛。

那时，我很笨，可能是秋老师看我时常望她，因而秋老师常常提我上前面来唱歌，因此我又很怕她。加上我很害羞，因而，每次到教室前唱歌，我的脸都像被火烧云烧过一样，要么低下头看地上的小蚂蚁，要么瞥起眼去瞧教室后面挂着的领袖的画像。然后，她唱一句，我唱一句：

长亭外……

长亭弯……

古道边……

古道扁……

芳草碧连天……

芳草鼻连天……

……

我没见过“长亭”，也不知道什么是“古道”，自然更不明白“芳草碧连天”是什么意思，每唱到这句，脑子老想，有人鼻子能到天上去吗?

也不知是天生好动，还是性子使然，小学的时候，我，还有几个小伙伴常常被罚站。去上学的时候，能因到小河边玩被好事人告状而被罚到走廊外站着；刚到学校的时候，能因为作业被查出没做完而被罚到花坛边蹲着；在学校的时候，能因为玩弹珠迟到而被罚到教室后面站着；放学的时候，能因为搬砖头摞在墙根被发现而被罚在墙根背着。

至今，我仍记得，有好几次罚站，秋老师都远远地用手招我们过去。

小学堂的花草树木都干了。管浇水的看门老头人太懒，只是喜欢坐在大松树下摇蒲扇。

每次秋老师唤我们过去，我们都很开心，争着跑到看门老头的屋前，我拿扁担这头，你抱着扁担那头，一个又攥着水桶绳子，还有一个什么也没抢到，露出像是被抛弃的惶恐神情。

秋老师常喜欢领我们到学校后的小河边打水。每次，秋老师在前面走，我们就在她后面，要么扛着扁担，要么摇着铁水桶，要么唱着“长亭弯，古道扁”的儿歌。有时，还没到小河边，秋老师会让我们把水桶和扁担放在路上，然后领着我们躺在旱沟里，接着指给我们看：

“小河边的一丛接一丛的芦苇，芦苇里有大有小的紫色喇叭花，紫色喇叭花旁的黄豆秧，黄豆秧叶上的水蚊子，水蚊子落脚的空酒瓶，空酒瓶压着的小纸船，小纸船划开的波纹，波纹下的碧绿云天……”

那时，我不知道秋老师在我的生命里扮演什么角色，只是，透过她的眼，我也认识了一些草，如可以睡在旱沟坡上随手就吃的茅针；可以盖在鼻子上闻的马兰菊；可以被揪成一段一段的节节草；还有最易招蜂引蝶的益母草，被踩了又踩的马苋菜……

……

秋老师教我们的时间不长，这，那年秋天里来的人，那年秋天里去的人，有人说她到外地教书了，有人说她疯了，有的人说，在飘满枯叶的乡间小路上，她一个人回家，遇到了坏人，然后晚上上吊死了。

别人说的关于秋老师的那些，说不定如今，那些个“别人”早已经忘掉了，忘掉了他们的所说，忘掉了这秋老师。

可是，我仍记得，记得秋老师的轮廓，记得秋老师回家路上的那些秋草碎叶，只是，在我的记忆里，我觉得我自己也仿佛忘记了什么。

我想，我忘了对她说一句道别，欠她一句“珍重”，在那个秋天的时候。

岁月就是这么匆匆，我不知道她是不是还活着，也不知道她是不是真如记忆里小伙伴说的那样，我都不知道。

或许人都这样，无论相遇多短，相处多长，但注定要分别，注定要不见。可是，我想，人这一生，既然在匆匆一生中碰见了，恨也罢，爱也罢，只要还心存“惦念”，也就足够了。

秋天的绽放

倘若人的生、老、病、死可以用四季来代替的话，冬天毋庸置疑代表着衰老、疾病与死亡。同样，秋天毋庸置疑是最接近冬的。

所以，以前，秋天在我看来是最妥协冬天的，比如落叶吧，踩上去发出的声音像人的年轮被踩碎了一样；比如说云淡天高吧，人站在长长的路上抬起头，觉得人是那么的渺小与可怜；再比如虫子吧，秋天像一把小刀割去它们最美的喉咙，白天蝉声不知何时不见了，夜晚呢，除了秋风瑟瑟，虫鸣稀疏地也听不清了……

秋天是冬的先驱，代表着悲的逼近，我一直这么觉得。

今天早晨，已近深秋，露水更重、更白。我想，深秋来了，冬也正在赶来的路上，万物能用什么姿态去迎接呢，无非是凋零、萧条罢了。可是，当我路过篱笆的时候，铅条缠成的篱笆上满是青青的藤蔓，在那藤蔓上开了一朵又一朵的紫色小喇叭花。

看到那朵朵紫色小喇叭花，看到那花，紫得娇艳，白得素净，我触动了，我开始打量这迫近冬的季节里的花：

看，在篱笆上，除了紫色小喇叭花外，卑微的丝瓜也在这时候将黄花开满了枝头，让你数不清。看，那儿还有一只白色的蝴蝶！在这个季节！

看，还有蒲公英，它的叶凋零了，可在光秃秃的枝条上开着一朵朵小花！

还有剑麻！开的一束白花，白得深邃，不知是谁，掐了一朵放在地上，那花像极了小小的灯笼！

还有木槿花！在青青的一丛叶子里开着粉红的花，真像女子头上的发卡！

还有叫“驴耳朵”的草，同那些狗尾巴草一样的姿态，开着自己洁净的小花！

还有美人蕉、月季、鸡冠花……

我这才对往常在这季节开的桂花、菊花另眼相看！

原来，在冬天迫近的时候，在寒冷苦难将至的时候，它们，这些卑微的花，是用它们一生中最美的绽放去迎接的。这是它们最美的姿态，美得深刻，让衰老、疾病甚至死亡都显得那么渺小！

木香花

无论你走到哪，风里都有你似曾相识的气味。无论你来自哪，你的身上都带着别人似曾相识的气味。有时，气味能唤起你的思念，有时，它也能让你的思绪打一个寒战。

那时，我念高中，一贯地被人认为是最腼腆的人，总是一贯地低着头。走路低着头，说话低着头。其实，我不是腼腆，而是自卑。当别人穿一件又一件暖和的衣服时，我总是把那件肥大的衣服穿在身上。当别人谈起自己家的时候，我总是躲得远远的。所以，那时我总是怨天尤人。特别是那些穿着鲜艳衣服的人，我总是不喜欢！

其中，王月是我最不喜欢的女生之一。

她总是穿着漂亮干净的衣服，长长的头发总是散着，两颗虎牙挂在嘴边，像是在炫耀一样，高高的眉毛也总是带着笑。那时，我坐在窗边，有时，不用抬头，就能听到她在笑，像是要让所有人都知道她在笑一样。

还有一回，王月从我身边走过，我竟闻到了香水的味道！我望着她披在肩上的头发，觉得这便是富人家孩子的骄傲。

其实，那个年龄，哪个男生不喜欢文静的女生！所以，除了我，班里大多数的男生都不喜欢她！

她太疯了！那时，教室窗台下有一株木香，我的眼常藏在那儿，想躲避周围的喧闹。可无论在哪个季节，在那木香藤下，我总能看见她。有时，她抱着本书高声地读，像是想让每个人听到一样。有时，在木香藤边的操场上，她跟男生比赛哪一个跑得快！有时，她把木香藤上的花插在头上。有时，她把木香藤上的雪揉成球，与男生打闹！

有老师喜欢她！

不知怎么的，这样的女生学习竟然很好！这，是当时我对于老师喜欢王月这样女生找的唯一的理由。

那是那年的十月吧！

古人说，“十月孟冬，正小春之时，盖因天气融和，百花间有开一二朵者，似乎初春之意思，故曰‘小春’。月中雨，谓之‘液雨’，百虫饮此水而藏蛰”。

那天，花开了好多吧！虽然窗台外的木香只有光秃秃的藤蔓，但木槿倒开了满身的花，在这个秋天的季节，还有，被雨洗过的牵牛花，显得格外的艳。

那天，王月家里来了人，从她的桌子里拿了几本书。听同学说，王月病了！

王月走了！她的桌子空着了！

没多久，那张桌子被搬到后墙拐角处！不知不觉，那年的冬天来了，那张桌子被人抬到教室外面去了。不知不觉，冬天走了，春天又来了。

那是三月的某一天，教室里有女生哭了，我坐在教室的窗边，埋下头，听那两个女生边抽泣，边低声地说：

“王月死了！”

“你闻，窗外的木香开了，每年这个时候，她都爱把自己打扮得花枝招展的，然后把木香摘下来，放满每一件衣服的口袋里。”

“她太苦了！她妈妈在她三岁的时候就死了！家境也不好！她爸爸还有病！”

“可能她天上的妈妈太想她了，所以把她带到天上去了！”

“是啊，她那么地爱笑，那么地喜欢生活。”

……

听着她们的话，不知怎么的，我觉得有点内疚，想，她们说的是王月吗？她是那样的呀！怎么是这样的？

我简直有些待不住了，于是走出教室，来到王月常去的木香藤下。

木香藤蔓缠满了篱笆，开着满身的白色小花。花太香了！我不由得走上前去，去摘。

疼！是刺！原来，木香花藤是有刺的！怎么可能！

我坐在木香藤下，想，是不是，每一个孤傲的外表下都有可怜的身世？是不是，每一个乐观的人都藏有一颗自卑的心灵呢？是不是，越孤傲的人，内心越自卑呢？是不是，孤傲只是他保护自己的方式呢？

那时，我找不到答案。只是觉得：有些人就像那木香花藤一样，别人只看到他对生活的爱，却不曾看见他对生活的反抗与挣扎。或许，这就是他的一种生活态度吧，把挣扎与反抗藏在心底，把对生活的热爱放在每天的微笑里！

如果我有一束画笔

如果我有一束画笔，

我要在高楼的屋檐上画上一双大耳朵，那样，它就不至于冰冷！

我还要给愁眉不展的母亲画上浅浅的一弯笑！

如果我有一束画笔，

我想让头顶的乌云开出鲜艳的花！

我还要在多雨的日子里添一道美丽的彩虹！

如果我有一束画笔，

我要把月亮画出一个搞怪的笑脸，让它不至于喜怒无常！

我还要在贪婪者的嘴角画出长长的口水，那样，他会变得很可爱！

如果我有一束画笔，

我要在那些白云的上面画上信箱，

我还要在女儿的心里画一只蝴蝶，无论什么季节，都能去寻找她的花！

如果我有一束画笔，

我要给每一个被孩子放在河里的纸船涂上色彩，

我还要把每一片叶子都画成风铃，让它盖住这尘世的喧扰！

如果我有一束画笔，

我要在我来的路径上画出走过的脚印，为着去数一数这些年多少的坚持与放弃！

我还要给每一个时钟画上一个美丽的容颜，让它在春来秋往里明白它自己带来的苦恼！

最后，

如果我真有一束画笔，

我要像儿时用枯树枝在地上画图案一样，给这人世间画上一个大大的惊叹号，然后把一场雨、一阵风当成人生最大的大事！

我还要在自己面前画一面镜子！感谢这样的一张面容在这天地间悲伤欢笑！

包裹的重量

念书的时候，

每次回家，母亲总会煎一条鱼，杀一只鸡，我临走的前一天，母亲会赶夜煮鸡蛋，然后，在我临走的时候，在一番叮咛之后，递给我一个大包裹，里面有苹果，有鸡蛋、馓子、饺子……

那时，我不懂，总是埋怨母亲：

妈，一大包苹果，一大包鸡蛋，那么沉，不要再给我这些了。一张钱就足够买这包裹里的好几倍东西了。

母亲不理会我的话，每次我回家，她仍旧那样，准备一个大包裹。

我呢，依旧埋怨着。

后来，我成了家。

每次回家，母亲依旧煎一条鱼，杀一只鸡，第二天我临走的时候，她依旧会给我一个包裹，里面塞满了她连夜准备的东西，苹果、鸡蛋、馓子……

这时，当我从母亲手里再次接过那包裹的时候，当我望见从四点钟起身的母亲眼里满是血丝的时候，当我知道那包裹是尽母亲所能，尽她所有准备的时候，

我才明白，

有些重量不是用秤能称出来的。

你想过没有？

你想过没有？无论你情不情愿，孩子终归要长大，改变她的容貌！

你想过没有？紫色的牵牛花和白黄色的小花能在深秋绽放！

你想过没有？“修短随化，终期于尽”，可仍有那么多人为了蝇头小利撞破脑袋！

你想过没有？今天你在这感慨人生，明天，你会变成人生被人感慨！

你想过没有？秋天夕阳下树的倒影要比夏天时候的倒影长！

你想过没有？风有风的命运，雨有雨的归宿，不同的是，要看风是刮着什么季节的风，雨是下着什么时令的雨！

你想过没有？当你与影子做伴时，全世界便与你对立；而当你与世界做伴时，你便没了影子。其实你可以不孤单，但是有前提！

你想过没有？有些路虽然没有先驱者，但只要你走，就不乏跟随者！

你想过没有？等时间过去了，有些讨厌的，甚至是苦难的东西，也将成为一种亲切的怀念！

你想过没有？时间就像窗外的叶子在秋风里摆动，我们除了痴痴地望，别无他法！

你想过没有？生是我们没有办法把握的，死也是我们没有办法把握的。怎么活着呢？也是没有办法把握的！

你想过没有？我们都在跟那个“命中注定”做反抗，可是，我们越反抗，越走上了“命中注定”！

……

所以，亲爱的你，生活是粗粝的。所以，不用那么认真与刻意！我们，只需活着，然后轻轻地闭上眼，感受！

第六辑

别人的故事，我的诗

不管你穿的衣服是如何的艳丽！
你的影子，
总是只有一种颜色！

一篇记未完的事

一个住在一处的常州朋友奔丧回来了，他未变成他预期的“忧郁”，依旧如故地谈笑，仿佛只是做了个坏梦，而他印象里，那个丧去的人只是在另一处活着，除了他祖母的伤心偶尔使他难过。他说：“过一个月还需回去，还要烧些东西给我爷爷。”当然，还说了些当地丧事上的一点风俗：他家来了三十六个老婆子，还请了道士和尚晚上来念经，人需包红包给他们。烧的，“如今黄表不值钱了，那多是洒的”，多是金元宝、锡箔，留下了三麻袋的瓮灰同葬在坟里。这个朋友，在接到“死”的消息时，他不顾场合大声喊叫起来，且哭着用“死了”这两个字眼。他的这点性情让我惭愧起来，因我竟信口说他不理智！可能是自己对死的麻木多起来了。于是，我又想到了一点生命，感情有了复杂处，便觉得麻木感情是坏念头，且想：一个眼含热泪的人，虽看得模糊，但对面前的一切，他得到的幻想会更美更多。

也就在这期间，我碰到那《石方山庙》里提出的那个宁夏朋友，他，一个未有心计而易谈及心事的人，是善良且知道命运是怎么一回事的。这一点，恰与我表现出的感触相合，他便不负面前这个倾听者，同我坐在青草上说着他的过去：

虽有石方山庙里的神仙，但他那地方却免不了缺水。依他的话，这时节的尘土可当饭了。去年暑天下了场大雨，他简直欢喜极了。说起时，他在嘴边伸出夹烟状的手指，若思地说：

“哎呀，那场雨下的，我站在门槛上，看从屋檐下来的雨，哎呀，没有比那更好的了。”

我用极小心的语气，问道：

“那平常喝什么？”

他说：

“冬天还好，有雪。平时多是接天水，把雨水盛在缸里窖起来。我小时候，会担沟里的水出来吃。”

说完，他仿佛又想到好笑处，便把手背在身后撑着，说：

“小时候念书，上学堂每日要做的是，早晨需从山下的沟里担水给老师吃。有时爱偷懒的孩子抬到半路便打闹起来，或扔掉肩上的棒子，或把棍子砸断，或把木桶摔裂，哪个也不让谁，抬的水打了，到学堂不免老师的一顿打。那学堂在山腰上，六十年代盖的，以前只有几间房子。垒起的那些大块且不规则的砖，是从山下沟边的砖窑里烧出来的。听我爷爷说，那砖窑便是乡人们为学堂特定建的。在那吃不饱的年代干出这书上的事来，你说可贵不可贵！”

我答应着，又极小心带好奇地问：

“你爷爷与奶奶怎么认识的？”

他又笑了，这一点我不怀疑，上一辈的浪漫对后代来说，是憧憬与怀念的。他说：

“哎呀，这我还真问过爷爷。我爷爷这人……哎呀，太精明，太勤奋，太心高了，对人世的看法也透……哎呀，说真的，我父亲不如他。我爷爷没念过书，可拜过旧时的老先生识字。他可会打算盘了，账算的好，做了我那儿的会计。他晚上总教我打算盘，可我笨，学过便忘了。在上着煤油灯的屋子里，他摸着我的头，说‘这娃闷啊’。听我爷爷讲，有一次，他去别处算账，碰到了我奶奶，用三车荞麦买的她。”

当我听到“买”这个字时，我的心颤了，便带着圆场的语气，说：

“三车荞麦做的聘礼。”

“对，三车荞麦买的她。荞麦你懂么？”

我印象里听过，便点头回应，说：

“以后，我定会去你那儿看看。那时，你该是个数一数二的人物了。”

他听我说这个，那谦卑且朴素的脸上显出得意的样子，说：

“有时，我也觉得我的心太高了。在出路的选择上，有点矛盾。”

我笑了，两个人望着西边的红夕阳，任风吹进袖子里……我想，他祖父的生迹在他心里已占据了位置。祝福这位山里的朋友吧。如今记下这些，只为了以后果真上他所在的地方看看，瞧瞧他的祖父，得一点沧桑的感触。

或许那时人世已变得不成样子，年轮也让人无可奈何，但若侥幸活到那时，他那所在地方会再给我一点生在挣扎里的力量。这一方面，我是坚信的。

那朋友嘴里的旧事

很多人皆有疑问，为什么要做一个记录者？一个人把自己的日子过下去，到躺倒那一天闭眼不就完了。这话里的情节是极其冷漠的。因这些人没有看到，那些被记录下的人或许早已烂掉了，但他们挣扎活着的精神却在作者的文章里永远活下去了。只是可怜的是，记一点人事的作者因那感人的人事而闻名，但那些感人的人事却没有丝毫改变，依旧挣扎地活着，在卑微里死去。仿佛他们的命运神没有丝毫被打动一样。这一点，我不悲伤，因这是生命，是生命便有其生来的坚韧与顽强。

基于这些情感，我要感激那个宁夏的朋友，从他那得知的那点人事使自己添了不少活下去的勇气与感动。这个朋友受他那儿的苍劲影响，喜抽些烟，爱同我说那些在挣扎里产生的旧事。他说，他那没有像我儿时庙会上玩的花船。但他孩童时，巫术却很普遍：

“小时候有道士过来施布道，那时我才六七岁，不相信，我祖父劝我，‘这娃啊，不知事’。可我仍旧是不信。不过儿时我那有用巫术治病的。这我生了病经历过。那人穿着道士的装束，在肩上横拐两米长的粗麻绳，到人家看病，便站定四周乱打，前仰后摇地念些咒话。这些固然是迷信，但却也是在人极其无奈下产生的。我虽不信这些道士，但我乐意到石方山庙上香。我那上香许愿，需带上三个馒头，跪在神灵前诉些愿。虽有时心愿不成，但仍要去还愿，仍要带着三个馒头，跪下同神灵带一点抱怨的诉说。我那的人皆如此，上香总虔诚，从不因愿违而咒骂。说起庙啊，我倒想到家乡丧事上的一点事。家乡那人死了，那家会在路上撒圈荞皮，那是大悲的东西。死人的那家还会请‘阴阳’来念经，阴阳一手摇着铃，一手翻经书来念。人睡到棺材里了，棺材里会放些吃的用的，供死者在那边用。我那埋棺材的方式不同别的地方，会在挖好的坑里向斜下方掏个长洞，下葬时就把棺材推到那洞里。谈这些，总让人难过。

“你说你那丧事上会唱戏。我那到三月三、五月端、八月半，乡里会请青海、陕西那边的人来唱秦腔，给他们钱，唱的像《赵匡胤下河东》《辕门斩子》。那腔里，真让人难以言说。不过说起秦腔，我倒记起一个疯子。那是个寡妇，才三十几岁，却被儿子气疯了。这缘故，我不得知。她虽疯掉了，但她并未在上吊跳井上下功夫。你说感不感动？每日清晨背起小背篓到山上拾未晒老的嫩草喂猪羊。儿时的我起得早，过那个山头时，总会见她在那，口里哼一些秦腔，哼的声音很亮，唱的自然是随心所想到的。我听她唱过‘那个山上那个娃啊’，想是她思念儿子了，那声凄冷里带着的坚韧，听着我便落泪了，这事，说起来已是十年前了，不知那个山头的疯子现在如何了，但那个场景如今仍记着，不能忘却。”

我听到这些苍劲里带着的悲壮时，眼里难免带着泪。当问及这个朋友选择他乡的出路时，便玩笑地说他违了先前归乡的念头。虽这么说，但我明白，他那酸楚的眼里藏着的是，家乡对他的挫磨及他想摆脱命运的渴望与急迫。末了他说：“家乡现在该下雪了，该穿上厚棉袄了，那年下大雪，我一个人在茫茫的大山上跑，哎呀，那真是北方的雪呀！”

石方山庙

旧时的姑娘出落的娇气，但过早地知些事，喂鸡，赶鸭子下河，割草喂猪，在河里洗衣服，皆会做。且听惯了那些美丽的故事，自己也在朦胧里神往起来，便如老祖父讲的："那叫璎珞宝塔，塔下埋着个贞女，唤璎珞。原本是个寡妇，有野汉子要侮辱她，她不从，用璎珞扔那人的脖子，把那人打死了。璎珞害了人，也死了。后来人们为她盖了那座塔。"花花喜这个故事，也喜她的小马哥，只因两家老人在旧年打过仗，头上出过血，便只有偷偷到石方山庙那相会。

听老辈人讲，这庙建在明万历年间，有一口大钟，供齐天大圣，如来佛祖，受香表。庙门往常上了锁，钥匙就在门旁边的小洞里，两人每次去偷会时，皆给那些神仙磕头。

但不久，在一天夜里，花花觉得肚子有了异样，那是腊月二十三，送灶王爷的日子。这天，这儿的老头清晨三四点就去了，揣点吃的打牌到深夜。庙里夜四点没人呆，这儿传说——供神在四点会出来惑人，人在庙里待会得病。趁夜四点没人，花花便将肚子这事告于小马。小马顾及自己的责任，两人在清晨四点的时候，在石方山庙里，约定请求老人同意。但“山连山，人过要下马，马过要下鞍”，两家老人皆不答应。花花还挨了打。两个相好的年轻人无法，便在月下赌咒，在“社火”那天私奔。

这儿正月十五是“社火”，是大节，用大鼓开道，跟着说快板的，说唱，舞龙，舞船，镇上大庙是首尾地，走上一里路，便“祭山神”，也叫“惊山神”。队伍走上一段路，就被安排到固定人家落脚，这户人家按要求搭好戏台。到了这家，人早已出来迎接，在门旁桌上放烟酒、表香、红对联。此时队伍里带头的就会在戏台上交代几句。等带头的交代完，队伍里的人就在这唱戏，舞拳棒，闹上半钟头后，这家人欢送，队伍回大庙里去。小马的爹是队伍里舞拳棒的，爹老了以后，小马就继承了。

但这年“社火”，小马没去。

……

“私奔”的人走了，两家老人顾及面子，皆不相让，又打了仗。花花的祖父因说“花花让那小马拐骗走了，小马是人贩子”，被打，旧病上喉，死了。

……

两个年轻人在外养下孩子，心想如此了，老人们就不得说道了，便在大年三十这天，回到石方山下。这儿在大年三十这天，人家会上坟，烧香表，祈祷“祖先平安”。花花抱着孩子到了家里，家关着门，家里人不骂她，也不瞅她。当她得知祖父因她的一点自私被打死后，心生愧疚，跪在门前，磕几个头，把孩子抱给小马后，自己上石方山庙那住去了。

没多久，石方山庙里有了个疯子，还是个叫花子——花花。

花花没有嫁人，到镇上买了锅、鏊子、盆，背在身上，走到人家门前，便敲一下碗。这些户人家都可怜她，皆施舍给她。

花花就这样，白天要饭，晚上住在石方山庙里，冬天庙里寒，离庙不远有个破窑，花花就睡那。每年如此。

后来，随小马住的儿子成了家，跟他爹一般壮，会舞“拳棒”，“社火”时是第一手。花花呢，总会在那时背着盆躲在人群后看，痴痴地笑。

慢慢地，儿子懂了世情，要接花花回家。花花不回去，她要饭得来的东西堆满了破窑里，花花叫儿子用板车拉回去。

再后来，石方山庙没重修过，小补倒有。庙下，每年总是有一群小女孩，像那年的花花，摇着小辫子，握着桃花追跑，唱“叫花子，住破窑，一住住到三月桃。不要爹，不要娘，只要三更会情郎”的歌谣。

……

附记：石方山，在宁夏。这故事是听宁夏同学讲的，他亦是听来的。因风俗、故事美，故用劣笔写下。花花，本名张志花，仍是“叫花子”，如今六十多了。她孙子叫她“叫花子奶奶”，大点孩子叫她“叫花子婆婆”。

脚 下

你脚下的小路，
曾是一座坟墓。

而你面前的坟墓，
曾有一条小路。

情 敌

你说，你爱上墙上的木香藤，
我伸出手去，
你瞪我。

我不好说话，
因我只想拿不知是谁落在那的红头绳。

月亏到极小时

月亏到极小时，
像一个躲在自己身后人的眼，

无须看他的嘴，
就知道他在窃窃地笑。

月亏到极小时，
像一个棺材未盖紧露出的圆缝边，
时刻在告诉月下的人：
生的悲哀，死的无奈。

露　水

你问我：
“清晨的花瓣为何会有露水？”

我说：
“可能里面住着一个忧伤的女子，在偷偷哭泣！”

虾　子

大将军，
你的两个野鸡翎仍在，
可何时夹起了屁股。

河　水

河里的石子，
你来自远方吧！
我想携你到山下，
因河不是你的故乡。

可你愿回到那儿去么？
你早已变了模样。

你舍弃了什么？

女子，
你若觉得因你长得美，才有人爱你，便打扮起来。
那我要告你，
在那人心里，你已失去了你的美丽！

寂　寞

上天赐予我以温柔，
可是，
它还不曾安排一个女子来享受这痴人的温柔。

我的可悲

黑夜若没有那一点星子，
那是怕人的。
一个男子心里若没住着一个令他忧伤的女子，
那他是可悲的。

夜　思

美丽的月亮啊，
岁月把我怎么了？
我竟不会笑了。

人的可悲

一
用灵魂来谋生，
这是可悲的事！
我正要这么干，
而许多人，
早已这么干！

二

不管你穿的衣服是如何的艳丽！
你的影子，
总是只有一种颜色！

花　语

满园子的花开了！
第一朵败了！

春

当枯草风凉的时候，
我以为，
春天来了，就会好的！

如今，
衣减了，
叶子肥了，
连布谷也叫了，
可那又怎么样呢！

问　月

月亮啊，
夕阳的余晖还未消散，
你为什么已挂上树梢？
难道你这么急切地盼望着黑夜的到来！

本以为

本以为，
生活是那样那样的；
原来，
它是这样这样的。

忧　愁

不要问我忧愁是什么？
忧愁有时只是，
一个拾荒的老婆婆
牵着一条瘸腿狗！

后　记

那时还是冬至前后，天不知怎的接连下了三天雨，在雨如针帘的时候，我到一处紫藤萝下歇脚。在这样的季节里，藤叶像是有人扫过，又因雨水而显得三三两两、零零落落。有的在月季花下，有的陷在路缝里，有的贴在藤下的凳子上，有的丛在藤根上。虽然根被叶埋着，不能见到，但长出的藤枝很粗壮，被雨水洗得像抹了一层油，顺着藤枝向上看，搭起的花架与细藤枝不分彼此，只是夏日里能把天空遮住的叶不见了，如今看来枝与枝之间的空隙，以及从枝上滴下的雨水，显得与这冬至淅沥的雨水格外相称。

我不由得闭上眼，雨水有的像是穿枝隙落到脸上，有的像是在藤条上结成一个大水滴，然后"嗒"一声坠下。不知怎的，我很是惆怅，忽地觉得，这个地方是不是因我的到来而不自由？是不是有人的地方都不自由？

叶落叶生，雨住雨下……都是自然的事，又何来凄冷与美好之感？人不自在了，让自然的东西也不自在，这是人的高明处，难道又不是人的可悲处么？

我常想，书读得多，欲望多了，连死这一自然的事都不敢了。倘若不曾读什么书，少做一点“巧者”“智者”，像我乡下的祖辈们，苦难与快乐都是你过的岁月，有的人让上天摊派的苦难多了一点，有的摊派的快乐多一点，到了残灯将熄的时刻，自己哭着来，笑着走，不累及儿孙，断不惶恐而终。

人是可悲的，因为他知道活着是一种什么滋味，而在滋味的取舍中，他只爱选择红太阳，可人不知道，或者不愿知道，在这样的选择之后，到临死的一刻，他是如何留恋这个尘世，他又是如何不甘，又是如何熬尽恐惧而死呢？

藤上的雨水结得多了，有时能在我的眼镜片上匝下好几滴。我想：我们相比于祖辈们，是不是缺少了忍受苦难的勇气？是不是缺少了对老天爷的敬畏与信仰？变得不相信因果这一自然的轮回？

以上这篇文章写于2016年1月16日，用作于这前前后后写了7年的集子的后记。本来，自己在写这篇文章之前，设想好的主题是：藤萝在冬天这般枯败，是为了春天那叶破油枝的那一刻，想到那一刻，现在的这一切的忍受与等待都是值得，但写着写着，却是另一番意思，但这一番意思，我想，多半是，我写这本散文集的主要目的之所在。

作为80后这一代人的一个成员，我想，这本集子，无论写得好，还是写得不好，都是我走过的痕迹，或许你也和我有同样感受，也曾在同一个地方，想着同样的心事！